AF354099

Per Sempre

Mª del Mar Agulló

Traduzione italiana Valeria Bragante

Per Jara

Indice

1.Incontro, scontro ed il primo appuntamento che non abbiamo mai avuto.

E l'ho perso. É stato il momento più doloroso della mia vita e l'inizio di un'altra vita molto diversa. Fran ed io ci eravamo conosciuti verso la fine dell'estate nella mia città, Elche. Lui era arrivato con sottobraccio il contratto di una azienda importante, proprio la stessa azienda dove io lavoravo da anni nel settore informatico. Lui sarebbe stato il rappresentante dell'azienda, nei viaggi d'affari, si sarebbe fatto carico delle trattative in tutte le riunioni e avrebbe concesso interviste alla stampa. Fran era conosciuto pubblicamente per essere stato un famoso modello spagnolo – nato a Barcellona, la cui bellezza non passava inosservata, che era riuscito a sfilare a Milano, Parigi o New York per i migliori stilisti.

Non fu qualcosa di istantaneo, non accadde come nei film, non mi sono innamorata di lui a prima vista, anche se sì provavo attrazione. Un pomeriggio all'inizio di settembre mi chiamarono nell'ufficio del vicepresidente per conoscere il nuovo rappresentante dell'azienda. Non mi dissero il nome, e se anche lo avessero fatto non avrei nemmeno saputo chi era, perché ammettiamolo, la moda non era il mio maggiore interesse, mi ero sempre identificata con l'inizio del personaggio interpretato da Anne Hathaway nel film *Il diavolo veste Prada.*

Arrivata in ufficio, mi presentarono un ragazzo alto, moro, con i capelli leggermente lunghi, dagli occhi scuri, con la pelle abbronzata e molto piacente a cui, ovviamente, non era necessario dire che era bello; le sue parole emanavano la superbia che ci si può aspettare da un modello.

Ogni attrazione fisica tra noi nacque in maniera molto rapida, la prima volta che lo guardai negli occhi fui presa da un tremito. Mi piaceva, mi piaceva molto nonostante la sua incessante vanità. Credo che lui se ne sia reso conto immediatamente dato che come una stupida abbassai lo sguardo, come se mi vergognassi (ed era così). Quel giorno non ero nemmeno pettinata bene, né con i miei abiti migliori e il mio naso era rosso per un raffreddore. Non è che mi interessino queste cose, ma il mio istinto femminile, se mai l'ho avuto, in quel momento fece atto di presenza, ricordandomi che avrei dovuto sistemarmi meglio per andare al lavoro (se per caso conoscevo un *macho*). Se una delle mie due migliori amiche, Laura, mi avesse visto in quel momento credo si sarebbe vergognata di me. Lei era tutto ciò che io non ero, non che fosse particolarmente bella o attraente, ma lo sembrava; tutti i giorni si alzava due ore prima per pettinarsi, vestirsi e truccarsi con cura, qualcosa che io non concepivo, davvero qualcuna impiegava tanto tempo e sforzo per piacere agli altri o a sé stessa? Laura si sentiva così insicura del proprio corpo e viso?

Lui mi salutò con l'aria di chi sa già tutto, e quando mi strinse la mano mi sembrò che mi guardasse con disapprovazione. Supposi che non fosse abituato a trattare con donne inferiori al metro e ottanta, senza un trucco completo sul viso, e senza vestiti nuovi. Fran scambiò un altro paio di frasi con il vicepresidente dell'azienda, l'inglese Werry, ed uscì. Quando Werry ed io restammo soli mi informò su chi era:

«É Fran Martìnez»

Guardai Werry con faccia indifferente.

«Il dannato Fran Martínez e lo abbiamo solo per noi! E non sai chi è?»

«Dovrei?» chiesi senza dargli importanza.

«É uno dei modelli spagnoli più conosciuti a livello internazionale» mi rispose Werry, emozionato.

«Scusami non sono molto aggiornata sui modelli, ma mi sembra che abbia l'età per andare in pensione.»

«Certo, cara, è che dopo sette anni ad alti livelli ha deciso di affrontare nuove sfide» mi informò Werry.

«E abbandona le passerelle?»

«Solo per il momento»

«E che ne può sapere un modello di vendite, impianti, importazione di alberi e tipi di piante?» chiesi senza capire cosa poteva portare un quotato modello nella mia azienda.

«Forse saprò quali sono i migliori mercati e cosa va di moda in ogni Paese grazie ai miei viaggi in tutto il mondo, forse saprò come funzionano le finanze grazie all'impresa dei miei genitori, forse mi interesso di botanica in segreto, forse la mia presenza aiuterà ad aprire delle porte, forse il mio master in commercio internazionale non è solo un piccolo dettaglio nel mio curriculum, o forse, sarò solo un volto gradevole che sfila per un paio di metri su una passerella davanti a degli sconosciuti, non so, qual è la sua opinione signorina Gonzàlez?»

Fran era entrato nella stanza e non me ne ero resa conto. Mi aveva parlato con voce seducente, forse accentuando le parole moda e segreto, e ammetto che mi aveva eccitata. Mi aveva dimostrato che lo stavo giudicando con leggerezza, inoltre fino al momento in cui non aveva messo da parte il proprio ego, non lo avevo visto come qualcuno di serio che poteva apportare qualcosa all'azienda.

Per alcuni istanti tutti e tre restammo in un silenzio imbarazzato nella stessa stanza, mentre il mio sguardo restava fisso negli occhi di Fran, e i meravigliosi occhi castani di Fran restavano fissi nei miei blu in attesa di una replica da parte mia.

«Credo che Adela si sia espressa male» mi scusò Werry.

«No, ha detto esattamente quello che voleva dire. Signore, ci lascia da soli un momento?» disse Fran visibilmente seccato.

Werry mi guardò per vedere se mi andava bene, feci cenno di sì e lui uscì dalla stanza chiudendo la porta dietro di sé. In quel momento eravamo noi due soli, io guardavo verso la finestra, pur senza fissare nulla. Lui mi guardava, ma nessuno dei due diceva una parola; la tensione era palpabile. Non sapevo perché, ma quel ragazzo mi piaceva, i miei pensieri vagavano tra uscire di lì di corsa e strappargli subito i vestiti; non avevo mai avuto una reazione così, anche solo con il pensiero.

Quando alla fine mi decisi a parlare, lui mi anticipò.

«Credo che abbiamo iniziato con il piedi sbagliato, ti invito a cena» mi disse, sorprendendomi.

«Cosa? Non ti conosco.»

L'invito di Fran mi aveva colto così di sorpresa che avevo reagito con la paura.

«Dai ragazza ... Lavoreremo insieme, e mi conoscerai, è solo questione di tempo. Ti sta bene se ti vengo a prendere alla tua scrivania alla fine della giornata?»

«No! E non credo che dopo questo inizio di rapporto la cosa migliore sia uscire insieme.»

Non sapevo come temporeggiare, non mi interessava uscire con lui, non mi interessavano gli appuntamenti con sconosciuti, ciò che mi interessava era che non riuscivo a controllarmi davanti a lui.

Dopo alcuni minuti in cui mi inventai un paio di scuse credibili, uscii dalla stanza lasciandolo senza parole.

Tornai alla mia scrivania e ripresi il mio lavoro. In realtà feci finta di riprenderlo. Cominciai ad indagare in Internet sul mio nuovo collega. A quanto pare, il ragazzo si era costruito una carriera di successo sfilando per tutti i grandi stilisti. C'erano molte foto: passerelle, cataloghi, eventi mondani. Poi passai a cercare dei video, e annunci, anche se la maggior parte erano stati pubblicati in altri Paesi. Indagai sulle sue reti sociali, che furono una grande fonte di informazioni: foto dei suoi familiari, hobbies, viaggi, foto con celebrità, e foto con le sue ex. Devo riconoscere che diventai gelosa. Mi concentrai su queste ultime, e cercai altre foto e dati. Erano tutte bellissime, ed abbastanza numerose. Forse furono queste foto, o forse ciò che avevo provato restando sola con lui nella stessa stanza, che mi spinsero ad alzarmi, entrare nel suo ufficio e dirgli che accettavo l'appuntamento, ma che non venisse a prendermi, sarei andata al ristorante, volevo cambiarmi d'abito. E senza sapere perché, il desiderio di impressionare Fran si impadronì di me.

All'uscita dal lavoro corsi verso l'auto, il cuore mi batteva forte, il tragitto fino a casa non era lungo ma era l'ora di punta. Corsi più in fretta possibile, passai con il rosso due semafori (i primi due della mia vita) ed arrivai a casa. Per fortuna disponevo di un posto auto privato.

La mia casa era in periferia, proprio a fianco del Parco Multiaventura, in un edificio con appartamenti nuovi. L'abitazione era composta da tre stanze da letto, sala da pranzo, cucina, due bagni (uno solo per la camera matrimoniale) e due piccoli terrazzi.

Appena entrata nel mio appartamento lanciai la borsa da una parte, e mi spogliai buttando gli abiti per terra. Non avevo il tempo di farmi una doccia, così corsi verso l'armadio e mi misi un vestito azzurro regalatomi dall'altra mia migliore amica, Paula. Era uno dei pochi vestiti che avevo, non che non mi piacessero i vestiti, ma ero troppo abituata ai pantaloni. Indossai delle belle scarpe blu che avevo usato poco, e mi diressi verso lo specchio della mia stanza, feci tre giravolte, come se stessi ballando una dolce canzone, mi sentivo come Cenerentola, ma restava ancora molto da fare, trucco e pettinatura. Ero brava a truccarmi, anche se non mi piaceva, ma nel caso dei capelli se era qualcosa di semplice ci riuscivo, altrimenti avevo bisogno di aiuto, ed in questo caso volevo qualcosa di spettacolare e che fosse veloce da fare. Così se qualche volta avevo bisogno di sistemarmi i capelli e non potevo andare dal parrucchiere, ricorrevo alla mia vicina che era rapida ed efficace. Suonai il suo campanello, e quell'ora stava preparando la cena. Suo marito aprì la porta, in sottofondo si udiva un televisore acceso, e il rumore di alcuni bambini, senza dubbio i figli dei miei vicini. Gli spiegai cosa volevo e per mia sfortuna mi disse che la mia vicina non c'era, che era andata a prendere alcuni ingredienti per la cena, ma che tornava presto.

Tornai di nuovo a casa mia, non sapevo cosa fare, pensai che la cosa migliore era calmarmi e mi sedetti sul divano. L'orologio non smetteva di correre e non volevo arrivare tardi. Presi il tablet e cercai l'indirizzo del ristorante, sapevo che era un posto caro ed esclusivo, ma appena vidi i prezzi del menu fui sopraffatta. In quel momento mi sorpresero due cose: che mi invitassero in un posto del genere, e che ci fosse gente disposta a pagare tanto per così poco.

I minuti passavano e la mia vicina non tornava, stavo pensando di farmi qualcosa di semplice che mi stesse bene, ma in quel momento suonarono alla porta, era lei. Fu sorpresa di vedermi così ben vestita e mi fece varie domande indiscrete, a cui risposi gentilmente e con un sorriso. In un paio di minuti i miei capelli castani furono raccolti in un bello chignon. Scelsi una borsa carina, ci misi dentro l'indispensabile e stavo per uscire, ma proprio in quel momento squillò il mio cellulare. Era mia sorella Celeste, piangeva dall'altro capo della linea telefonica. Mi raccontò che il suo ragazzo l'aveva lasciata e mi chiese se poteva stare qualche giorno a casa mia. Dieci minuti più tardi partivo con la mia auto in direzione della casa del fidanzato di mia sorella, ora ex fidanzato, in jeans, maglietta e con i capelli sciolti. Addio appuntamento!

Arrivai nella via dove viveva mia sorella, una zona non molto bella. Lei mi stava aspettando sul marciapiede con una valigia e una sacca sportiva. Mi fermai in doppia fila, mentre lei si avvicinava, apriva la porta posteriore, depositava i suoi beni e si sedeva al posto del passeggero. Appena la vidi diventai nervosa.

«Cosa ti è successo?» chiesi visibilmente alterata.

Celeste scosse la testa in segno di diniego.

«Lo denuncerai, vero?» Lei piangeva. «Devi denunciarlo.»

«Andiamocene, per favore» mia sorella mi supplicò tra le lacrime.

Misi in moto l'auto e partimmo lentamente, mentre la mia incazzatura aumentava. Non smettevo di pensare a come mia sorella permetteva quello che le era successo, ma era tipico suo, mettere da parte i problemi e sperare che il tempo li nascondesse in un angolo dimenticato.

Arrivammo a casa e lei si diresse verso la stanza dove già altre volte si era fermata a dormire. Durante il tragitto nessuna delle due aveva detto niente, e ora lei si rifiutava di parlare. Celeste, la mia sorella minore, aveva tre anni meno di me,ventidue, ed aveva la caratteristica di prendere nella vita decisioni sbagliate, soprattutto riguardanti gli uomini. Aveva conosciuto il suo ex, Grabriel, in una notte di bisboccia, e la mattina seguente si era svegliata nuda nel letto di lui, ed una settimana più tardi era andata a vivere con lui assicurando che era l'uomo della sua vita. Erano trascorsi sette mesi, una relazione che speravo finisse dopo che mia sorella aveva il viso pieno di ematomi.

Mi avvicinai alla sua stanza, si era buttata sul letto. Mi sedetti su un lato del letto accanto a lei, accarezzando la sua lunga chioma dorata. Non sapevo cosa dirle perché tornasse in sé e lo denunciasse, ma sapevo che io non potevo prendere questa decisione per lei.

«Da quanto ti picchia?» chiesi in modo autoritario.

«Oggi è stata la prima volta» sussurrò Celeste.

«Sicura?» chiesi con sfiducia.

«Era violento da qualche mese» Celeste fece una pausa. «Mi insultava, mi gridava e mi minacciava, ma non mi aveva mai picchiato. Io l'ho sempre perdonato perché mi diceva che era molto stressato per il lavoro. La cosa peggiore è che se lui non mi avesse cacciata sarei ancora lì.» Celeste iniziò a piangere di nuovo.

«Tranquilla, ora sei al sicuro, non ti succederà nulla» la tranquillizzai.

«Perdonami per non averti detto niente, e per non essere venuta a trovarti molto negli ultimi mesi, ma Gabriel non voleva. Mi dispiace molto.» Celeste continuava a piangere.

Ordinai cibo a domicilio per due, anche se Celeste non mangiò nulla, e dormii accanto a lei.

«Dormendo nell'altra stanza non udii la sveglia e arrivai al lavoro venti minuti in ritardo.

Era giovedì, il sole splendeva e il caldo era opprimente. Arrivata alla mia scrivania trovai una busta chiusa. Mentre il pc si avviava, la aprii: conteneva una lettera scritta a mano, era di Fran, e quello che mi diceva non era molto piacevole; pensava che gli avessi tirato un bidone di proposito. Pensai di andare nel suo ufficio e scusarmi, ma per il tono della lettera sembrava una scelta sbagliata. Mi concentrai sul mio lavoro fino alla pausa pranzo, in cui approfittai per chiamare mia sorella, ma non rispose.

Mangiai in un ristorante vicino al lavoro dove servivano solo cibo vegetariano, all'inizio non mi piaceva molto, ma negli anni mi ero abituata, e mangiavo lì una o due volte alla settimana.

Tornando in ufficio guardai la grande facciata della mia azienda, piena di vetrate, che non facevano altro che trasmettere calore, obbligandoci ad un'aria condizionata troppo forte. Nella parte alta della lunga scalinata di ingresso, nel momento in cui le porte girevoli mi lasciarono passare, mi scontrai con Fran, che era visibilmente seccato di vedermi.

«Ciao, buon pomeriggio» lo salutai.

«Sai, volevo chiederti di mangiare con me, ma avevo paura che mi tirassi di nuovo un bidone» disse con sdegno.

«Mi dispiace, ho avuto un contrattempo e non avevo il tuo numero» mi scusai.

«La scusa perfetta. Potevi chiedere il mio numero a Werry. Dimmi, ti facciamo tanto schifo noi modelli per farmi questo? Ti credi tanto superiore? O ti faccio schifo io? Dimmi, principessa, qual è il problema?»

Evidentemente Fran l'aveva presa molto male. Era la prima volta in vita sua che gli tiravano un bidone? Sicuramente.

«Il tuo tono non mi piace ed è meglio che lo moderi» lo avvertii.

«Andiamo ... Allora è questo, non sono alla tua altezza.»

«Io non ho detto ... »

«Esatto, la risposta migliore è quello che non hai detto» tagliò corto Fran.

«Ma non sono potuta venire, ho avuto un problema di famiglia.» Fran non mi permetteva di spiegarmi.

«Senti bella, meglio che risparmi il fiato, se non volevi uscire me lo dicevi e ci saremmo risparmiati questa stupida discussione. Mi hai già chiarito, quando ci siamo conosciuti, che i modelli non ti piacciono. Buon pomeriggio.»

E se ne andò lasciandomi devastata, senza sapere perché. Mi sentivo male, lo stomaco mi doleva, avevo la nausea man mano che mi avvicinavo alla mia scrivania; andai in bagno a vomitare. Tutto il cibo che avevo ingerito pochi istanti prima usciva dal mio corpo più in fretta di come era entrato. Dopo questo, andai nell'ufficio del mio capo e gli chiesi il pomeriggio libero.

2. Tutto va come deve andare.

Sulla strada verso casa iniziai a farmi delle domande. Fran mi piaceva? Mi conveniva? Avevo perso qualche opportunità di uscire con lui a breve termine? Tutto girava intorno a Fran. Dissi a me stessa che dovevo concentrarmi sul presente, sull'essere di appoggio a mia sorella, e non preoccuparmi di un uomo, credo che l'ultima volta che lo avevo fatto era quando andavo alle scuole superiori.

Appena entrai in casa, un profumo proveniente dalla cucina mi attirò come una calamita attrae un'altra calamita. Mia sorella, con il viso sporco di farina, stava facendo una torta, e devo dire che non era una grande cuoca. Una volta aveva preparato uno stufato con una ricetta della nonna, il risultato? Mio padre ed io al pronto soccorso per una gastroenterite.

«Questa è per te, per ringraziarti di esserci sempre stata ogni volta che ho avuto bisogno di te» mi disse dopo un abbraccio ed un bacio sulla guancia.

«Ti ringrazio molto, ma credo che il mio stomaco non sia adatto alle torte.»

Alla fine il mio problema allo stomaco poteva salvarmi dall'assaggiare la torta di Cel, che devo ammettere, aveva un bell'aspetto.

«Stai bene?» chiese preoccupata mia sorella.

«Sì, non ho digerito il pranzo, ma non è niente. Ho il pomeriggio libero, ti va di fare qualcosa?»

«Nelle tue condizioni? Credo che dovresti riposare.»

«Cel sto bene.» In realtà ero più colpita dalla discussione con Fran che dal pranzo.

«Dai, raccontami, esci con qualcuno? Vai a letto con qualcuno?Vuoi andare a letto con qualcuno?»

Mia sorella era sempre così, diretta.

«Cel, smettila.» dissi facendo un gesto con la mano.

Mi stesi sul divano. Mi tolsi i vestiti fino a restare solo con la biancheria e, poco a poco, cedetti a Morfeo.

«Adela, svegliati, è tardi» le mani di mia sorella mi scuotevano dolcemente.

Aprii gli occhi, era già buio, sul tavolo da pranzo c'erano dei piatti con resti di pasta e dolci.

«Hai fame? Ho preparato le lasagne.»

A mia sorella era venuta voglia di cucinare. Forse negli ultimi mesi aveva imparato a cucinare meglio. Magari!

«Non mi va nulla, il mio stomaco è sottosopra. Mangerò un toast.»

«Prima che ti addormentassi ti avevo chiesto qualcosa, ti ricordi?» mi ricordò mia sorella.

«No Cel, non esco con nessuno, non vado a letto con nessuno, e non voglio andare a letto con nessuno» Dicendo queste ultime parole tremai involontariamente e Cel lo notò.

«Chi è? Un altro ragazzo del lavoro? O delle tue lezioni di ballo latino americano?»

«Smettila, non c'è nessuno» mentii.

«Ti conosco abbastanza bene, e non te ne faccio una colpa. I tuoi compagni di ballo sono molto carini, ti ricordi che sono andata a letto con due di loro? Quello sposato, e quello così bello e muscoloso che quasi non parlava, ma non ce n'era nemmeno bisogno, tutto quello che non diceva lo compensava in abbondanza a letto.»

«Non serve che me lo ricordi. Sono stata una settimana senza andare al lavoro per la vergogna.»

«Non mentire, è stato perché avevi paura che ti accompagnassi di nuovo per sedurre qualcun altro.»

«Cel, tesoro, ti rivelerò un segreto, non diventerai migliore, più bella o più interessante andando a letto con tutti gli uomini possibili. So che lo fai per riempire un vuoto, ma non hai motivo di farlo.» dissi ancora mezza addormentata.

Cel interpretò le mie parole come un rimprovero per il suo comportamento promiscuo.

«Così è questo ciò che pensi di me? Credi che io sia una puttana?»

Cel si voltò verso la propria stanza e vi entrò sbattendo la porta.

Mi alzai il più velocemente possibile per seguirla. La promiscuità di mia sorella era qualcosa di cui avevamo già parlato, non mi era mai sembrato sbagliato, avevo sempre pensato che ciascuno deve fare ciò che vuole con la propria vita, ma Cel fraintendeva sempre le mie parole, e lo faceva apposta.

Durante l'infanzia, Cel era stata una bambina che credeva al principe azzurro e ai racconti delle fate. A quindici anni credeva ancora di trovare un amore unico e autentico, così quando si innamorò di un compagno di classe, e questo si approfittò di lei, decise di essere lei ad usare gli

uomini, anche se in fondo, in segreto, desiderava che il suo sogno di infanzia si avverasse.

«Cel sai perfettamente che non mi interessa, è la tua vita privata, ripeto PRI-VA-TA. Quello che mi disturba è il tuo atteggiamento di essere migliore degli altri perché vai a letto con molti uomini, sei esattamente uguale agli altri, non capisco perché ti arrabbi, abbiamo parlato di questo mille volte» dissi quasi gridando accanto alla porta.

In quel momento Cel aprì la porta e mi abbracciò.

«Mi dispiace, sei la mia sorella maggiore e ho sempre voluto essere come te.»

«Cel, tesoro, tu sei geniale, solo che ti piacciono troppo gli uomini.» Ridemmo insieme.

Passò un po'più di una settimana, era tornata la monotonia. Durante la giornata il lavoro occupava il mio tempo, la sera tornavo a casa e passavo il tempo con mia sorella, e la notte, pensavo a Fran. Dal giorno in cui mi ero ammalata non lo avevo più visto. Due giorni prima, una collega di lavoro aveva fatto il suo nome, e avevo alzato subito gli occhi sperando di vederlo, ma l'unica cosa che vidi furono due colleghe che raccontavano pettegolezzi su Fran. Secondo una di loro, Fran aveva iniziato ad uscire con una ragazza dell'azienda che tutti chiamavano "Sofi la bella", una ragazza molto dolce che era sempre tutta in ghingheri, tutto il contrario di me.

Mentre uscivo dall'ufficio in direzione della strada dove avevo parcheggiato l'auto, una voce maschile mi chiamò.

«Aspetta!» Mi voltai e per un momento quasi persi l'equilibrio e caddi sui gradini che conducevano alla porta, era Fran.

«Cosa pensi di fare questa sera?»

«Cosa? Ho già finito.» Iniziai a tremare come una quindicenne.

«Torni a casa?»

«Ho lezione di ballo.» Mentii con la speranza che mi lasciasse in pace.

«Ho parlato con le tue colleghe, mi hanno detto che le tue lezioni di ballo sono il venerdì, e a volte il lunedì.»

«Hai chiesto informazioni su di me?» esclamai, mezza arrabbiata e mezza impressionata.

«C'è qualche problema? Non capisco perché non vuoi uscire con me, non ho niente che non va, né niente di contagioso, sono davvero gentile.»

Non capivo il suo gioco, provava qualcosa per me?

«E Sofi? E la tua arrabbiatura per il bidone?»

«Già dimenticato. Sofi?» dicendo queste parole fece una faccia sorpresa.

«Sì, si dice che usciate insieme» dissi cercando di ottenere delle informazioni.

«Lei non è il mio tipo.» In quel momento mi sentii sollevata.

«Perché vuoi uscire con me? Non sono come tutte le tue ex.»

«Forse per questo, o forse gli somigli più di quanto immagini.» Disse queste parole con la sua voce così seducente, con un grande sorriso; in quel momento mi trattenevo, tremavo tutta, volevo solo stare con lui, essere sua. Stavo perdendo la testa, definitivamente.

«Va bene, usciremo insieme, ma detto io le regole.» Cedetti alla fine.

«Perfetto, che ne pensi di stasera? O hai lezione di ballo?» disse, ridendo di me.

Sorrisi, gli avevo detto che stabilivo io le regole, ma non pensavo più a niente, potevo scegliere di impressionarlo, o qualcosa di più informale, decisi di dire la prima cosa che mi saltò in mente.

«Andiamo a fare uno spuntino, ho fame. Mi va di andare a La Glorieta.»

Andammo a mangiare qualcosa, e dato che Fran non conosceva Elche, gli feci fare un giro turistico.

«Non avevo mai visto tante palme tutte insieme in vita mia. Mi piace molto Elche.»

«Anche a me. Ti mostrerò altro. Ti va di andare a casa tua a parlare?» dissi con la speranza che non fraintendesse le mie parole e, soprattutto, di riuscire a trattenermi; per me era come una prova del fuoco.

Arrivammo a casa sua , e casualmente era molto vicina alla mia, pochi minuti a piedi, nella zona dello Stadio Martìnez Valero. Era un bungalow molto bello, con una decorazione impersonale. La casa era piena di scatole di cartone ancora da aprire. Ci sedemmo su un divano ed iniziammo a parlare.

Era come se ci conoscessimo da sempre, parlavamo di qualunque cosa con molta familiarità, io ridevo, lui rideva. All'improvviso, restammo in silenzio, lui mi fissò, mentre si avvicinava a me un po'alla volta, distolsi lo sguardo vergognandomi. Lui, con la sua mano calda mi fece voltare il viso e mi baciò. Iniziò ad accarezzarmi, i suoi baci si distribuivano sul collo, la clavicola, ed io mi lasciavo trasportare, desideravo che andasse avanti, con un rapido movimento mi tolse il top semitrasparente, ero sempre più eccitata, ma quando le sue mani raggiunsero la chiusura del mio reggiseno un chip nella mia testa mi mise in allerta e lo allontanai.

«Mi dispiace, voglio continuare, ma non mi sembra il momento adatto» dissi, temendo che a causa del suo temperamento non la prendesse molto bene.

«Non succede niente, capisco» disse, attirandomi di nuovo verso di sé e baciandomi appassionatamente.

«Se continui a baciarmi così, non potrò dirti di no» dissi ridendo.

«Allora è meglio se non mi fermo» ci mettemmo a ridere entrambi.

«Credo che dovrei andarmene.»

«Siamo due adulti, non credo che succederà nulla se andiamo oltre, ma non farò niente che non voglia anche tu.»

«Da quando l'uomo ribelle che ho conosciuto in ufficio due settimane fa è diventato un uomo dolce, affettuoso e comprensivo?»

«Lo sono sempre stato, ma non ho saputo mostrartelo o non hai saputo vederlo.»

Appena uscita da casa sua dissipai alcuni dubbi. Ero innamorata di lui, non si trattava solo di attrazione fisica. In vita mia non avevo mai sentito un'attrazione così forte per qualcuno, ma, inoltre, mi sentivo così bene con lui! Mi sentivo a mio agio, attraente, desiderata e amata, mi sentivo come se fossi l'unica donna al mondo.

Arrivata a casa, mia sorella fu sorpresa dall'orario del mio rientro.

«Dove sei stata?» chiese stesa sul divano.

«In giro» risposi distrattamente.

«Ti chiederei se sei stata con un uomo, ma so che ti arrabbi … »

«Cel se ogni tanto me lo chiedi, non mi da fastidio, ma se me lo chiedi ogni due secondi mi stufo» dissi mentre il mio viso irradiava una freschezza insolita, ero così felice, mi sentivo galleggiare.

«Ti succede qualcosa? Non ti ho mai vista così.» Cel mi guardava con gli occhi azzurro chiaro spalancati.

«Ti va di andare a cena in un ristorante?» proposi con un gran sorriso.

«Adesso?» chiese mia sorella stupita.

«Offro io.»

«Questo è ovvio, io non lavoro.»

«Ti farà bene uscire di casa, sei rinchiusa qui dentro da quasi due settimane. A proposito, hai pensato cosa farai con la tua vita?»

«Mi sto ancora riprendendo.» Rispose ed il suo sguardo diventò triste.

«Va bene» le diedi un bacio sulla guancia, «hai dieci minuti per prepararti. E sì, ho passato il pomeriggio con un uomo.»

3. Sogni infranti.

Adela e Fran. Fran e Adela. Erano le sette del mattino e quel giorno ero entrata al lavoro prima, molto prima, in realtà. Eravamo a metà ottobre ed il caldo continuava senza voler andare via.

Il mattino seguente dovevo prendere un aereo presto e non avevo ancora preparato la valigia. Ero nervosa!

Dovevo preparare una relazione di contabilità, impaginarla, preparare una versione in PDF ed un Power Point, ma invece di fare questo mi distraevo a guardare le foto che avevamo fatto il fine settimana precedente, Fran ed io. Ogni giorno che passava lo vedevo più bello.

«Abbiamo un problema con il server, vieni a dare un'occhiata?» Galileo, un collega aziendale, interruppe i miei pensieri.

Erano le dieci del mattino e la maggior parte dei dipendenti erano già al loro posto, ma per me il tempo non passava mai, volevo già andarmene. Uscii a prendere aria per qualche minuto e ne approfittai per chiamare mia sorella.

«Ciao Cel. Ti disturbo?»

«No, per niente, il professore di quest'ora non è venuto e sto andando al bar dell'università con i miei compagni di lezione.»

Cel aveva deciso di iscriversi all'università. Anni addietro aveva iniziato Giurisprudenza, ma aveva abbandonato quando le mancavano quattro esami e aveva conosciuto Javier, un giovane milionario attraente, con cui viaggiò tre mesi per il mondo finché in Norvegia, si era invaghito di una bionda statuaria, lasciando Celeste in un Paese straniero senza mezzi per tornare. Ora frequentava Informatica, come avevo fatto io all'epoca, e tentava di dare gli esami di Giurisprudenza che le mancavano per laurearsi.

«Se hai qualche dubbio chiedimi, quando vuoi ti posso aiutare o prestarti i miei vecchi appunti» mi offrii.

«Grazie, non so cosa farei senza di te. A proposito, ho qui il tuo affitto.»

Mi rifiutavo di far pagare l'affitto a Celeste per vivere in casa mia, così arrivammo all'accordo che Celeste sbrigava le faccende di casa e, a parte, mi faceva un regalo mensile, che lei chiamava affitto.

A mezzogiorno non avevo ancora impaginato la relazione di contabilità. Andai nell'ufficio di Fran.

«Oggi sei in ritardo» disse Fran con la sua particolare voce sensuale.

Subito, senza smettere di guardarlo negli occhi, chiusi la porta, che era alle mie spalle, con la chiave, era qualcosa di meccanico per me. Lui mi attirò a sé e lo lasciai fare. Iniziarono i baci e le carezze, i bottoni della sua camicia si aprirono rapidamente. In quel preciso istante bussarono alla porta. Cercai di calmarmi, lui si sistemò la camicia e aprì la porta. Era la segretaria di Werry, stava dietro a Fran da quando era arrivato, e la cosa peggiore era che pensava che anche lui si sentisse attratto da lei, ma no. Era poco attraente, anche se si vestiva in modo elegante. Inoltre, il suo carattere petulante non la aiutava a sedurre gli uomini.

Arrivai a casa di corsa, Celeste stava ricopiando degli appunti sul tavolo della sala da pranzo. Ogni volta che la vedevo a quel tavolo mi ricordavo del mio progetto di creare un ufficio doppio nella piccola stanza in più. Andai in cucina e presi una confezione di succo, bevvi direttamene dal cartone. Proprio in quel momento desiderai che mia sorella non comparisse sulla porta perché non le piaceva quel modo di bere. Mi diressi alla mia stanza, lanciai la borsa da una parte e mi buttai supina sul letto, chiusi gli occhi e cercai di calmarmi.

Ero nervosa, dovevo preparare la valigia per passare a Parigi i prossimi tre giorni, non avevo idea di cosa portarmi. Guardando i vestiti che mettevo in valigia, mi resi conto che ultimamente stavo cambiando il mio modo di vestire.

L'azienda sperava di chiudere un importante contratto con una impresa parigina: andavamo a vendere una notevole quantità di alberi per i prossimi anni; era un accordo che assicurava la redditività dell'azienda e che poteva permettere di crescere a livello internazionale. Io non dovevo andarci, ma Fran sì, e Fran voleva che io ci andassi, così andavo. Fran era la star dell'azienda e non gli negavano nulla.

Atterrammo a Parigi verso le nove del mattino. Appena scesa dall'aereo dovetti indossare il cappotto, lì il clima non aveva nulla a che vedere con quello di Elche.

Un taxi ci portò all'hotel. La comitiva dell'azienda era formata da Fran, Werry ed io. Alloggiavamo all'Hotel Pullman Parigi Torre Eiffel, dalle stanze si poteva vedere la Torre Eiffel. Tutto in quel viaggio doveva essere perfetto, avevo un buon presentimento.

A mezzogiorno pranzammo nel ristorante dell'hotel, e più tardi Werry e Fran andarono alla prima riunione. Io andai a fare un giro turistico, visitai Notre Dame, l'Arco di Trionfo, gli Champs-Èlysées, e mentre tornavo verso l'hotel incontrai Fran. Quel giorno era particolarmente attraente. Mi avvicinai a lui in maniera civettuola e lo baciai.

«Avete già finito?»

«Sì, la nostra offerta non gli piace.» disse con lo sguardo triste perso all'orizzonte.

«Oh, ma dai! Che peccato, pensavo che l'affare fosse già concluso.»

«È uno scherzo!» esclamò.

Finsi di arrabbiarmi per reggergli il gioco.

«Ti va di salire sulla Torre Eiffel?» disse, indicandola.

«Certo, ma dov'è Werry?»

«Ha detto che doveva incontrare un suo *amico* che vive qui.»

«Deve essere uno dei suoi ex, Werry ne ha uno in ogni capitale europea.»

Salimmo in alto, ci godemmo il panorama e scendemmo di nuovo. Poi andammo a cena a Le

Capitaine Fracasse, un ristorante su una barca che navigava sulla Senna. Tutto era così romantico che non volevo finisse. Dall'arrivo di Fran nella mia vita ogni giorno ero più felice del giorno precedente. Desideravo che questa sensazione non finisse mai.

Il sabato avevamo programmato di andare a Disneyland Paris, e come una brava ragazza Disney che era andata a comprare quantità di peluche per me e mia sorella, volevo fare le foto con tutti i personaggi che incontravo, salire su tutte le attrazioni e, soprattutto, tornare alla mia infanzia. Parigi era bellissima, ma andare in un luogo dove tutto quello che vedevo da bambina nei film diventava realtà era speciale, era la parte più bella del viaggio. Ricordo da bambina, quando mia sorella ed io dicevamo sempre che un giorno ci saremmo andate insieme, ma alla fine non ci siamo mai andate.

Mi ero cambiata d'abito e alla reception aspettavo Fran, che stava rispondendo ad una telefonata in francese ed era alterato. Mentre aspettavo, distraendomi con un gioco sul cellulare, pensavo a come mettere in valigia tutto quello che volevo comprarmi quel giorno, a parte gli abiti che una casa di moda aveva regalato a Fran per me. Stavo pensando di chiamare mia sorella per farle invidia quando, all'improvviso, udii urlare in francese alle mie spalle. Era Fran. Aveva la faccia rossa ed era abbastanza arrabbiato, era chiaro che stava discutendo con qualcuno. Attaccò il telefono e si avvicinò a me, mi prese per un braccio e mi fece alzare.

«Andiamo, ti chiamerò un taxi» disse seccamente.

«Ti? Vorrai dire per tutti e due.» Replicai con una faccia perplessa.

«Disneyland era il tuo sogno da piccola, vero?»

«Sì, che succede?» chiesi alzando le mani.

«Devo tornare all'azienda di Parigi, ma tu vai a Disneyland» disse con un tono di voce autoritario che mi diede fastidio.

«Non ci andrò da sola» replicai con tono infantile, mio malgrado.

«Adela non ti rovinerò il tuo giorno preferito di questo viaggio, cosa dico il tuo giorno preferito, il tuo sogno di bambina a causa di un problema che devo risolvere. Approfittane, abbiamo già i biglietti» disse in modo pretenzioso.

«Credo che tu non ti renda conto, Fran, che non sono più una bambina; posso superare il fatto di non andare a Disneyland, ma credo di meritare di essere trattata meglio di come mi stai trattando ora» dissi, mentre il nostro tono di voce aumentava.

«Adela, tesoro, sono arrabbiato ed è meglio che non mi provochi, o ti tratterò peggio.»

«Mi tratterai peggio? Allora cosa farai? Mi metterai le mani addosso?»

Senza rendercene conto, stavamo gridando. Ci guardavano tutti, l'agente di sicurezza dell'hotel era al mio fianco e mi chiedeva se stavo bene, in uno spagnolo appena comprensibile.

Quella era la prima volta che discutevamo, alla fine il mio presentimento che tutto nel viaggio era perfetto fallì, come d'abitudine.

Dissi all'agente che stavo bene, mentre Fran si dirigeva verso l'uscita dell'hotel con passo urgente, senza salutare, senza scusarsi, senza nemmeno guardarmi. Io mi voltai e andai all'ascensore. Appena si chiusero le porte e restai da sola, una tremenda sensazione di tristezza mi invase, e dovetti farmi forza per non crollare e mettermi a piangere. Entrata nella mia stanza, non riuscii a trattenermi e scoppiai in lacrime. Ero molto triste, desideravo tante cose in quel momento: desideravo non aver discusso con Fran, desideravo che il Fran vanitoso di pochi minuti prima non esistesse, desideravo che mia sorella fosse lì con me, desideravo poter abbracciare Fran e chiedergli scusa.

Trascorsi quasi tutta la giornata nella mia stanza d'albergo, senza fare nulla, stesa sul letto, senza mangiare né parlare con nessuno. Guardavo la Torre Eiffel, osservavo tutti quei turisti con le loro macchine fotografiche, mi chiedevo se erano davvero felici o se fingevano, all'improvviso Parigi mi sembrava una città più triste.

Mi svegliai alle cinque del pomeriggio, mi ero addormentata senza volere, lo stomaco brontolava, l'unica cosa che avevo mangiato in tutto il giorno era una colazione leggera. Mi sedetti sul bordo del letto e immaginai come sarebbe stata quella giornata, ma pensando a Fran il mio viso si riempì di lacrime. Mi alzai, presi il cappotto, la borsa ed uscii a passeggiare e a mangiare qualcosa. Camminai lungo la Senna, soffiava una leggera brezza che insieme all'umidità rendeva l'ambiente più fresco. Pensai ai miei ex fidanzati, con nessuno avevo provato ciò che provavo per Fran. Avevo preso una decisione, aprii la borsa alla ricerca del cellulare, ma sorpresa, lo avevo dimenticato nella mia stanza. Mi voltai ed iniziai a correre verso l'hotel. Entrai nella stanza sperando di trovare Fran, ma non c'era nessuno, guardai il telefono, nessuna traccia di Fran. Uscii nel corridoio e mi diressi verso la stanza di Werry. Mi aprì la porta un giovane molto attraente vestito solo con un asciugamano dell'hotel avvolto intorno ai fianchi, senza dubbio l'ex fidanzato di Werry che si trovava lì dalla notte precedente. Mi disse qualcosa in francese che non capii, dietro di lui comparve la massa di ricci dorati di Werry.

«Volevi qualcosa, tesoro?» Welly era vestito come il suo ex, che era andato discretamente alla finestra per lasciarci parlare, lasciando in vista il suo torace muscoloso.

«Sai dov'è Fran? Lo hanno chiamato questa mattina e ... »

«Sì, lo so, il guaio con l'azienda francese» mi interruppe «abbiamo finito la riunione verso l'una del pomeriggio, tutto si è risolto positivamente. Non lo hai visto da allora?»

«No» dissi tristemente.

«Che succede tesoro? Non dirmi che avete discusso.»

«Sì» risposi quasi in un sospiro.

Werry si avvicinò a me e mi abbracciò.

«Ora capisco tutto, per questo entrando in ufficio Fran aveva gli occhi rossi ed era giù di morale. Tesoro, lui ti ama moltissimo, non dubitarne, ma questo accordo è molto importante ed è stressato.»

«Ma non doveva trattarmi male.»

«Ti ha fatto del male?»

«Sì, nell'anima. La verità è che non è stato granché, ma sono così abituata ad essere trattata come una regina che mi ero dimenticata che le coppie possono anche discutere e farsi del male.»

«Tesoro, non pensarci più. A proposito, hai visto il mio *amico*?» disse enfatizzando la parola amico ed facendo un cenno con la testa verso l'interno della stanza.

«È l'ex francese di cui mi hai parlato?»

«No! Quello non lo posso più vedere, questo è un altro.»

Werry rideva mentre io ero stupefatta, «L'ho conosciuto ad Arenales del Sol in agosto, è grave?» disse subdolamente.

«Sì, va benissimo.» La verità è che era molto, molto bello, sembrava un modello di biancheria intima maschile.

«Ti piace, lo so, ed entrambi ci piacciono gli uomini belli.» disse con complicità.

Werry flirtava facilmente, dato il suo fisico: occhi azzurri (sempre dietro occhiali di design che rinnovava ogni mese), viso attraente e capelli biondi ricci, accompagnato da un corpo scolpito da ore ed ore di palestra e da una genetica favorevole.

Tornai nella mia stanza e mi sedetti sul letto per iniziare a rispondere ai molteplici messaggi che avevo ricevuto: da Laura, da mamma, da Paula, da Cel e da uno dei miei cugini. Mia sorella voleva sapere cosa le avevo comprato a Disneyland, leggendolo non potei evitare di sorridere amaramente.

Stavo messaggiando con mia madre, quando si aprì la porta. Diventai nervosa, era la prima volta che affrontavo una situazione del genere nella mia relazione con Fran. Fran entrò, aveva una faccia stanca e triste, non lo avevo mai visto così, il suo affascinate sorriso era completamente scomparso. Teneva in mano un bel mazzo di rose rosse.

«Mi dispiace molto, c'è stato un problema con l'accordo e non dovevo farla pagare a te.» Non riuscì a continuare ed iniziò a piangere. «Non voglio che mi vedi così, è solo che» fece una pausa «abbiamo qualcosa di bello ed io mi sono comportato con te come un vero stronzo. Mi dispiace, davvero, mi dispiace molto, per favore perdonami, non voglio vivere senza di te.»

Mi avvicinai a lui, gli presi il viso con entrambe le mani e lo baciai. Presi il mazzo di rose e lo appoggiai su una poltrona, mentre lui restava immobile. Tornai da lui e lo baciai ancora, ma questa volta mi baciò anche lui; lentamente gli tolsi la giacca, poi la camicia. Non avevamo nessuna fretta, il mondo era nostro. Facemmo l'amore teneramente tutta la notte, desiderandoci, amandoci, sentendoci.

Approfittammo della domenica per visitare il Museo del Louvre, in generale non parlammo molto durante la giornata, da un lato, ricordavo la brutta sensazione provata durante il giorno precedente, dall'altro, la notte spettacolare.

«A cosa pensi?» chiesi a Fran, anche lui pensoso.

<<A te, non ho pensato ad altro da quando ti ho visto per la prima volta. Avevi i capelli spettinati, indossavi dei jeans ed un top bianco, appena ti ho visto ho pensato che eri la donna della mia vita>> sorrise, ricordando. <<Ricordo che eri molto nervosa e che mi hai criticato alle spalle, ma per fortuna ti ho catturato.>>

4. Di quanto tempo si ha bisogno per dire ti amo?

Fine novembre, eravamo quasi all'ultimo mese dell'anno. Non avevo più avuto discussioni con Fran, ma da allora non eravamo più gli stessi. Ci godevamo ogni momento e, inoltre, avevamo imparato ad evitarci, quando non eravamo di buonumore, il passo seguente era sopportarci in quello stato.

Non vedevo Fran quasi da una settimana. Stava preparando una riunione importante, eccetto le due notti che avevo passato a casa sua, non ci eravamo più visti.

Stavo lavorando alla mia scrivania al nuovo logo dell'azienda per il prossimo anno, quando squillò il telefono.

«Ho un momento libero, vieni nel mio ufficio?» chiese Fran con un tono troppo sexy per dirgli di no.

«Ti ho già detto che il fatto di fare l'amore nel tuo ufficio doveva essere occasionale» dissi a voce bassa per non farmi udire da nessuno.

In quattro occasioni per poco non ci scoprivano.

«Questo mese non lo abbiamo fatto» mi rispose con tono patetico.

«Non possiamo vederci per pranzo?»

«Mi dispiace, ho molto da fare. Forse ho un momento libero oggi pomeriggio.»

«Questo pomeriggio vado a fare shopping con mia sorella al centro commerciale L'Aljub.»

Finii di lavorare e andai a prendere Celeste alla biblioteca dell'università. Celeste sorrideva, non la vedevo così felice da quando, a dodici anni, nostra nonna le aveva regalato una bambola che le piaceva.

«Cel devo chiederti una cosa e spero che non ti dia fastidio.»

«Avanti, dimmi.» Cel continuava a sorridere.

«Hai conosciuto qualcuno?» chiesi cautamente.

«Certo! Ora conosco molta gente all'università» disse con allegria.

«Sai a cosa mi riferisco.»

«E questo doveva darmi fastidio? Non sono come te.» Cel rise maliziosamente.

«Cel non evitare la domanda attaccandomi.»

«Va benee» disse allungando la e «Non ho conosciuto nessuno, sei più tranquilla?»

«Perché sei così felice?»

«Perché non hai iniziato da qui? Ci saremmo risparmiate il resto.» Cel non disse altro.

«E allora?» chiesi, dopo una pausa troppo lunga.

«Mi sento bene, niente altro. Mi piace quello che studio, dovevi dirmelo prima che l'informatica può essere tanto divertente, i miei compagni sono geniali, e per la prima volta in vita mia gli uomini non mi preoccupano.»

«Sono contenta per te. Hai parlato con papà e mamma? Credo che papà voglia vendere l'appartamento di Santa Pola.»

«Mi piace molto quell'appartamento, magari potrei comprarlo io» disse con nostalgia.

«Puoi già iniziare a risparmiare» ci mettemmo a ridere entrambe.

«Potrei anche usare la mia parte dell'eredità della nonna.»

In quell'appartamento avevamo passato, praticamente, la metà di tutte le nostre estati, anche se con gli anni, Cel ed io ci andavamo sempre meno.

Arrivammo al centro commerciale L'Aljub, parcheggiando nel parcheggio sotterraneo. Appena salite vedemmo le decorazioni natalizie, senza dubbio c'era già profumo di Natale. Facemmo acquisti in vari negozi, mangiammo qualcosa in un caffè e tornammo alla carica. Dopo essere uscite da un negozio in cui Celeste non si decideva tra due magliette, per finire a comprarle entrambe, ci trovammo davanti Fran, con nostra grande sorpresa.

«Ciao! Ma cosa fai qui?» esclamai totalmente stralunata.

«Volevo distrarre un po' la mente, e siccome sapevo che eri qui … Avevo molta voglia di vederti.» Fran fece una faccia da innamorato, quel viso che tanto mi piaceva e che mi faceva sciogliere. Celeste sembrava voler andare via, sembrava avesse scritta in faccia l'espressione *sono il terzo incomodo.*

«Fran questa è mia sorella Celeste, anche se tutti la chiamiamo semplicemente Cel» presentai mia sorella che con la sua caratteristica personalità gioviale, subito si lanciò a chiacchierare per la prima volta con quel fidanzato, di cui tanto aveva sentito parlare negli ultimi due mesi.

«Ciao! Non sai la voglia che avevo di conoscerti, mia sorella parlava tanto di te ma sembrava che ti tenesse nascosto. A proposito, non avresti un fratello gemello? Sei molto carino!»

«Celeste … » tentai di fermare mia sorella, che non aveva remore a dire agli uomini cosa pensava di loro, mentre Fran arrossiva sempre di più.

«Che succede? Anche tu pensi che è carino, e non dirmi che se avesse un fratello gemello non ti piacerebbe farti tutti e due.»

«No, non è vero, perché per me gli uomini sono qualcosa di più di un pezzo di carne» mi difesi.

«Non pensavi la stessa cosa quando hai flirtato con quei tuoi colleghi di lavoro … »

«Aspetta, quali colleghi?» intervenne Fran che non capiva perché Celeste era così esaltata, ma quella conversazione iniziava a divertirlo.

«Sì, quell'amico di cui Werry era cotto, ma gli piacevi tu, e poi una cosa tira l'altra.»

«Mi sto confondendo, a chi piaceva chi?» Fran voleva rendersi conto di tutti i dettagli.

«Meglio se lasci perdere» intervenni.

«No, voglio saperlo» disse Fran con tono scherzoso.

«È stata solo una stupidaggine» dissi tentando di minimizzare.

Dopo qualche altra battuta e banale conversazione, Fran si scusò e se ne andò per continuare a lavorare.

«Ma è proprio bello» commentò Cel guardando una vetrina «e affascinante. Mi piace come ti guarda, si vede che ti ama moltissimo.»

«Tu credi? Ancora non me lo ha detto» risposi preoccupata.

«Di quanto tempo si ha bisogno per dire ti amo?»

«Sei arrivata a dire ti amo a Gabriel?»

«Sì, credo dopo due giorni che lo conoscevo» entrambe ci mettemmo a ridere.

In quel periodo ridevo molto, soprattutto con mia sorella. Finché Cel non venne a vivere con me non mi resi conto di quanto mi era mancata e, soprattutto, di quanto avevamo bisogno l'una dell'altra.

«Adela credo che ogni persona abbia un ritmo diverso. Non vorrei che pensassi che, poiché ci sono cose che non ti dice a parole, non le sente. Ti posso dire che nei pochi minuti in cui l'ho visto, ti ha detto più cose con lo sguardo e con la postura del corpo che parlando.»

«Ma dai! Vedo che hai studiato» dissi sorpresa.

«Adela! Non prendermi in giro! Sto cercando di aiutarti a chiarire i tuoi dubbi. Per tutta la vita tu sei stata la mia consigliera, così adesso è il mio turno» disse Cel con fiducia.

«Quella è la tua amica Laura?»

«Sì, credo di sì.»

Laura veniva verso di noi, e devo dire che, a Cel stava abbastanza antipatica, ragione per cui, da quando Cel viveva con me, l'avevo vista meno. Laura iniziò a stare antipatica a Cel quando, a quindici anni, Laura le disse che si vestiva come un maschio. In realtà, non era così, ma Cel da ragazzina sembrava una modella di Victoria's Secret: viso angelico, capelli lunghi, lisci e biondi, alta, senza un grammo di grasso e, inoltre, stava simpatica alle persone. Da parte sua Laura, passava la maggior parte del tempo libero in palestra o in costosi centri estetici.

Laura si avvicinò e si fermò a guardare i miei stivaletti, regalo di Fran, con totale sfacciataggine. Subito dopo ci salutò entrambe e ci diede due baci.

«Che belle che siete» la voce di Laura suonava falsa.

«Mi dispiace di non poter dire lo stesso di te» disse Cel davanti al mio sguardo angosciato e alla faccia stupita di Laura.

«Mia sorella intende dire che ... »

«Intende dire che a ventidue anni continua ad essere una ragazzina» Laura mi interruppe arrabbiata. «Ti chiamerò per incontrarci un altro giorno, e per favore, non portarti la tua sorellina» disse rivolgendosi a me e se ne andò.

«Perché non mi hai difesa?» replicò Celeste, offesa.

«È mia amica. E tu perché devi essere così sgarbata? Lei sa di esserti antipatica, ma non è necessario che giri il coltello nella piaga.»

«È una vipera, non so come fai a sopportarla. È la falsità in persona. Inoltre, è riuscita a farti litigare con me.»

«Cel non sono arrabbiata, ma devi tenere a freno la lingua. Così dimostri solo di essere cattiva come lei su questo aspetto.»

«Ma Adela, rideva di noi.»

«Cel adesso basta, lei ha sempre avuto invidia per te e l'avrà sempre, succede questo ad avere un corpo come il tuo ed essere così bella, dentro e fuori.» Cel arrossì.

«Non credo sia per questo» Cel ed io camminavamo lentamente, senza fretta. «Tu sì che sei bella» si complimentò con me la mia sorellina. «Adesso mi viene voglia di scusarmi con lei» disse Cel con malizia.

«Vedi? Qui è dove sbagli, nell'intenzionalità. Non devi farlo per farle del male, o farla arrabbiare, semplicemente fallo perché ti fa sentire meglio.»

«Mi faceva stare bene dirle che era brutta.» La guardai con disapprovazione.

«Credi che lo avrà capito anche se è stupida?»

Mi fermai davanti ad una vetrina di abbigliamento maschile e Cel mi guardò incerta.

«Non dovresti comprargli dei vestiti, è un modello, o ex modello; non lo sorprenderai con i vestiti.»

«Me lo segno» dissi, spensierata.

«Ti aiuterò io, sorella maggiore» rise Cel.

«Sarai più gentile con Laura?» Cel divenne pensierosa.

«Forse» e dopo una breve pausa disse «Non sopporto la gente superficiale come lei, perciò credo di no, inoltre perché dovrei rinunciare a questa parte di me così divertente?»

«Io non credo che a lei abbia fatto piacere, ma mi piace che tu abbia personalità, suppongo che se non si trattasse di Laura sarei felice che tu lo facessi. Devo dire che Laura è molto carina, davvero» dissi con totale sincerità.

«Non mi stupisce che Paula abbia smesso di essere amica sua. Suppongo che un giorno o l'altro lo farai anche tu.»

«Questa è stata una cosa totalmente diversa, non ha nulla a che vedere.»

Ricordai come eravamo state per anni amiche inseparabili, per finire in niente in pochi mesi. Laura, Paula ed io eravamo state in classe insieme a scuola. Con il passaggio all'università, Paula ed io avevamo continuato ad andare insieme alla stessa università, ma Laura era andata a studiare a Castellón. Ci trovavamo ogni volta che era possibile, e quando tutte terminammo l'università decidemmo di fare un master all'estero nella stessa università, a Berlino, e il gruppo si divise per colpa di Egbert. Egbert era un tedesco molto bello che studiava lì, ed anche se era un anno più giovane di noi aveva affascinato Laura e Paula allo stesso modo. Fu un periodo duro, dovetti assistere alle liti delle mie due migliori amiche per un ragazzo che, alla fine, non badò a nessuna delle due. Dopo questo episodio non si parlarono più ma, almeno, continuarono ad essermi amiche.

«Dovremmo andare» dissi guardando l'ora sul cellulare.

«Già che siamo qui, perché non restiamo a cena e vediamo un film al cinema?»

«Cel, domani mattina io mi alzo presto.»

«Anch'io» Cel mi prese per mano e salimmo le scale mobili cariche di sacchetti.

Cenammo e vedemmo un film romantico, ammetto che per essere la sorella meno romantica delle due versai qualche lacrima, Cel da parte sua si addormentò nel finale.

5. Ti Amo, Per Sempre.

Ultimi giorni di dicembre, si avvicinava il Natale (mancava soltanto una settimana! UNA SETTIMANA!) ed io non avevo ancora acquistato i regali, non ci avevo nemmeno pensato, stress, troppo stress.

Fran mi invitò ad uno spettacolo di magia a Finestrat, sinceramente non avevo molta voglia di andare, in realtà nessuna, ma a lui piaceva molto (da bambino voleva diventare un mago) e pensava che piacesse anche a me, così finsi il mio migliore sorriso e gli dissi che adoravo la magia, anche se pensavo: "Bene! Mi è toccato come fidanzato un fanatico della magia, spero solo che non cominci a fare stupidi trucchi per bambini." Poi mi raccontò come da bambino i suoi genitori gli regalavano sempre i giochi di magia che pubblicizzavano in televisione, mentre io, in silenzio, continuavo a desiderare che non facesse nessun trucco, perché quello che faceva da bambino mi sembrava molto bello, ma non da adulto. Mi vennero i sudori freddi quando mi disse sorridendo: «Chiudi gli occhi, ti sorprenderò.» Subito dopo mi fece un trucco di magia che, fondamentalmente, consisteva nel mostrare una rosa uscire dalla sua giacca dove non c'era nulla, ed anche se all'inizio mi sorprese, continuai a pensare che fare trucchi di magia ad una certa età è ridicolo, a meno che non venga fatto per professione.

Lo spettacolo era di venerdì, proprio il venerdì che mi ero messa d'accordo con Paula per aiutarci con i regali dei nostri fidanzati, così mi toccò rimandare l'incontro al sabato o alla domenica pomeriggio.

Quando arrivammo a Finestrat mi pentii di non aver portato il cappotto, mi si congelarono subito i piedi, e cosa peggiore il freddo salì su tutto il corpo, per fortuna Fran mi prestò la sua giacca, anche se avrei preferito che mi riscaldasse in altro modo, forse non venendo qui o forse portandomi da un'altra parte dove non facesse questo freddo infernale. Era di sera e la brezza marina con l'umidità davano la sensazione di un freddo ancora maggiore.

Fran parcheggiò l'auto, secondo lui, o piuttosto secondo il GPS, vicino alla porta. Dopo una camminata di mezz'ora si rese conto che stavamo andando nella direzione contraria.

«Credo di essermi perso» disse Fran, vergognandosi un po'.

Chiedemmo ad un signore molto gentile dove si teneva lo spettacolo e si offrì di accompagnarci.

All'interno, ci sedemmo aspettando che iniziasse. Speravo che mi sorprendesse, di sentire davvero la magia, ma l'unica cosa che sentii fu la noia. Ogni volta che giravo la testa per guardare Fran, lo vedevo divertirsi come un bambino, come non lo avevo mai visto. Quando finalmente terminò lo spettacolo, tornammo al freddo tremendo di quella serata. Fran mi portò a cena in un ristorante dove la specialità erano i crostacei, alla fine eravamo sazi, troppo pieni, tanto che mi dava fastidio il vestito nero attillato che indossavo. Alla fine Fran propose di fare una passeggiata in spiaggia, e risposi con una espressione di orrore; se già c'era freddo sulla riva del mare in estate, in inverno o meglio quasi in inverno, la questione si complicava, così mi rifiutai rigorosamente.

«Ti ricordi il nostro appuntamento in ottobre, quando una sera mi hai portato a mangiare i gamberi a Torrevieja? Ero morta di freddo» dissi mentre uscivamo dal ristorante in direzione dell'auto di Fran, per tornare a casa sua dove avrebbe dormito quella notte.

«Ma se faceva caldo! Non capirò mai perché voi donne siete tanto freddolose» rispose divertito.

«Mi sembri misogino» dissi con tono accusatorio.

«Davvero, in questo secolo ogni stupidaggine che esce dalla bocca di un uomo è misogina» replicò, cambiando il tono di voce.

«E adesso perché ti arrabbi?»

«Perché alla fine facciamo sempre quello che vuoi tu, quando vuoi tu.»

«Non so questo cosa c'entra, adesso. Inoltre non è vero, siamo qui per te. Dai, non ti arrabbiare» dissi avvicinandomi a lui e accarezzandogli il braccio.

«Ma se non ti è nemmeno piaciuto»

Feci finta di niente.

«Ho parlato con Celeste e mi ha detto che non ti piace la magia.»

«Per te faccio qualunque cosa» mi sfuggì senza pensare, e automaticamente me ne pentii per paura che fraintendesse, e potesse pensare che ero una persona troppo sottomessa.

Fran mi guardò sorpreso.

«Da quando parli con Celeste?» chiesi tentando di cambiare rapidamente argomento.

«Non sarai gelosa?»

«Non lo sono mai stata, al contrario, la ammiro molto» risposi con sincerità.

«Qualche volta parliamo» ammise Fran divertito.

Meno male che gli era passata l'arrabbiatura.

«E posso sapere di cosa?»

«Di te, è chiaro, solo di te» disse e mi attirò a sé, mentre mi baciava.

«Di me, certo.»

«Va bene, lo confesso, volevo che mi desse delle informazioni per farti una sorpresa con i regali di Natale, dato che sei una persona difficile da sorprendere.»

Restai confusa, io difficile da sorprendere?

Continuammo a camminare in silenzio verso la BMW, io aumentai il passo, lasciando indietro Fran, perché non riuscivo a resistere al freddo.

«Aspetta Adela, vieni.»

Restai ferma aspettando che mi raggiungesse. Mi prese il viso tra le mani, accarezzandomi lentamente e dolcemente, mentre sorrideva.

«Ho qualcosa di importante da dirti» e lo disse come un sospiro, «ti amo, per sempre» e mi baciò come mai nessuno mi aveva baciata, ed in quel momento fui enormemente felice, e pensai che, se potevo vedere la luna di notte, potevo anche ballarci sopra, e che, se i pesci potevano vivere sott'acqua e gli uccelli volare, anch'io potevo ... e sprofondai in una spirale di felicità senza fine.

«Ti amo anch'io, con i tuoi difetti ed i tuoi pregi, ma soprattutto con i tuoi difetti» riuscii a dire, senza sapere come.

E così, inatteso, Fran mi aveva appena fatto il regalo di Natale più bello.

Sabato mattina mi svegliai in estasi. Felicità. FELICITÁ. Questa era senza dubbio la parola che definiva il mio stato d'animo, come diceva mia sorella: «Ciò che deve arrivare, arriverà.»

Forse pensava che Fran fosse uno di quegli uomini che non dicono mai ti amo per non sembrare troppo sdolcinati? Perché io cominciavo già a pensarlo, o forse in realtà mi stavo ossessionando. Nemmeno io non gielo avevo ancora detto perché seguivo il consiglio di mia madre: «Non dire mai ad un uomo che lo ami prima che te lo dica lui, o scapperà di corsa.» La verità è che non credevo a questa teoria di mia madre fino a che l'avevo vissuta in prima persona … Due volte!

Allungai il braccio per prendere il cellulare, in carica sul comodino, cercando di non fare rumore per non svegliare Fran, e chiesi a Paola se potevamo trovarci quel pomeriggio per andare a fare spese. Purtroppo non poteva, ed era un peccato, dato che Fran si era appassionato ad andare allo stadio Martìnez Valero a vedere le partite dell'Elche e quel pomeriggio giocavano. Io odiavo il calcio, non capivo l'attrazione della gente per vedere ventidue uomini, o donne, correre dietro ad un pallone. Fran era un grande tifoso del Barcellona, ma vivendo ad Elche non poteva andare alle partite e doveva adattarsi a guardarle da casa.

Alla fine passai il pomeriggio del sabato stesa sul divano a guardare *Love Actually* con mia sorella. Quel film ci piaceva molto, e guardarlo a Natale era una delle nostre molteplici tradizioni.

«Non mi hai raccontato com'è Fran» Cel fece una pausa «più intimamente.»

«Perché vuoi saperlo?»

«Morbosità» disse Cel, senza guardami, distrattamente.

«Cosa vuoi sapere?»

«Tutto.»

«Devi essere più specifica.»

«La verità è che pensandoci meglio mi fa schifo, meglio se non mi racconti nulla» disse con la faccia di chi ha mangiato qualcosa di aspro.

«Va bene, adesso ti racconterò tutto» replicai divertita.

«No grazie, non ho più nessun interesse, non so perché ti ho fatto questa domanda.»

«Sei gelosa?»

«Lui ha detto esattamente la stessa cosa.》 Avevo la faccia di una gelosa?

«Mi chiede soltanto quello che non può chiedere a te, cosa farete per le feste? Resterete separati, verrà a casa, andrai tu o un po'tutti e due?»

Domanda interessante, al contrario di Celeste mi piaceva pianificare bene tutto, e per quanto sembrasse strano non mi ero posta il problema, tutti i miei ragazzi avevano vissuto o erano di Elche, così che non dovevo nemmeno pensarci.

La domenica mattina si mise a piovere, mi sentivo triste. Guardavo la finestra, come le gocce colpivano il vetro, incapace di alzarmi e pensando a Fran. Fran aveva tutto quello che avevo sempre immaginato nel mio uomo ideale, ma aveva anche qualcosa in più: mi rendeva felice, potevamo parlare di qualunque cosa, e quasi non ci arrabbiavamo, ma c'era un problema, avevo paura, una paura incomprensibile di perderlo, che mi lasciasse perché non ero alla sua altezza. Cel diceva che era lui a doversi preoccupare per questo, magari poter lasciarmi trasportare ed essere come le gocce di pioggia, che non hanno paura di cadere.

Passai il pomeriggio con Paula; la vedevo felice, non una felicità contagiosa e reale piuttosto una finzione.

«Paula, sicura di stare bene?» le chiesi preoccupata.

«Sì» disse con tono dubbioso.

«Mi dispiace, ma non ti credo.»

«Non è niente, sto benissimo. Fidati di me.»

Più tardi, quando arrivai casa e aprii la porta, vidi com'era casa mia e pensai a come era cambiata in pochi mesi con l'arrivo di mia sorella, in apparenza continuava ad essere la stessa, ma ora c'era un'atmosfera diversa.

Era ora di cena, per la prima volta dopo tanto tempo cenavo da sola, Celeste era uscita con i suoi amici dell'università, e Fran cenava con dei colleghi dell'azienda. Stavo per ordinare del cibo da asporto, non avevo voglia di mettermi a cucinare, quando suonarono il campanello. Era Paula.

«Ciao» disse e mi abbracciò, «hai cenato?»

Paula aveva portato del cibo tailandese per tre, se per caso c'era Celeste, e dei dolcetti. Ad entrambe piaceva molto questo cibo da quando avevamo fatto un viaggio in Tailandia noi due sole. Cenammo tranquillamente, parlando, ridendo e raccontandoci dei nostri ragazzi. Parlando del suo fidanzato, Paula era titubante, questo mi preoccupava, ma non volli dirle niente per non disturbarla, se le stava succedendo qualcosa me lo avrebbe raccontato lei quando voleva.

Ci sedemmo sul divano e continuammo a parlare.

«Se sono venuta fino a qui, è stato per, oltre a passare un po' di tempo con te, raccontarti qualcosa che non ho raccontato a nessuno.» Paula si fermò e lasciò cadere la *bomba*. «Ho una relazione, mi sto vedendo con un altro uomo, oltre al mio ragazzo» restai a bocca aperta, Paula la corretta, quella che non usciva mai dal copione, metteva le corna al suo ragazzo. Si erano conosciuti ad un congresso, avevano parlato, si erano resi conto che avevano molto in comune e tra loro era scoccata la scintilla.

6. L'uomo perfetto non è più perfetto.

Eravamo alla fine di marzo e le vie di Elche si riempivano di rami d'ulivo nella settimana della Domenica delle Palme. Fran andava matto per la bravura degli artigiani. Gli comprai un piccolo rametto di ulivo perché lo indossasse sul bavero della giacca.

Quel giorno mangiammo in un ristorante con i miei genitori. L'atmosfera era tesa, ai miei genitori Fran non andava per niente a genio. Lui da parte sua, perseverava nel suo intento di essergli simpatico, e questo peggiorava le cose.

Mio padre ci fece una dimostrazione, teatrale e con molto humour, di come si sgusciavano gli scampi che avevamo ordinato come aperitivo, Fran ne approfittò per raccontare un aneddoto divertente di un suo viaggio a Mallorca con alcuni amici, in cui ebbero dei problemi con degli scampi.

«E nel viaggio avevi la fidanzata?» chiese mia madre, guardandolo male.

«Sì» rispose Fran sapendo che non doveva aprire bocca.

«Non era con voi?» mia madre continuò l'interrogatorio.

«Sì, c'erano tutte le ragazze di miei amici» rispose Fran sapendo qual'era la domanda successiva.

«E *questa* come si chiamava?» mia madre accoltellò Fran con lo sguardo dicendo *questa.*

«Eva» disse Fran passandosi il dito dalla punta del naso fino alla fronte in linea retta e chiudendo gli occhi.

«Un'altra di nuova? Terrà il conto?» mia madre sussurrò all'orecchio di mio padre con totale mancanza di discrezione.

Io feci finta di niente chiedendo a Fran come gli sembrava l'*arroz con costra* (riso in crosta) che avevano appena portato in tavola, era la prima volta che Fran lo assaggiava.

Il problema era che, in ogni aneddoto, Fran aveva una ragazza diversa, e per i miei genitori questo lo trasformava in un donnaiolo.

Finito di mangiare, Fran ed io ce ne andammo.

«Non succede niente se non sei il genero perfetto» gli dissi per calmarlo.

Fran guidava con un'espressione frustrata.

«Gli altri tuoi suoceri ti adoravano?» chiesi divertita.

«Non li ho mai conosciuti» disse distrattamente.

«Mai?» chiesi quasi automaticamente.

«Beh, ho conosciuto la madre di una modella con cui stavo che la accompagnava dappertutto. Però eccetto lei, nessun altro.» Fran fece una pausa. «Non avevo nemmeno interesse a conoscerli. Pensa, perché conoscere qualcuno che sicuramente non rivedrai nella tua vita e che è il padre o la madre della persona con cui vai a letto?»

Vedendolo così, lo capivo. Non aveva esperienza di suoceri e gli riusciva abbastanza male. Per una persona come lui, abituata a fare tutto bene e che si impegnava a trattare con le persone, era deprimente.

«Ho conosciuto anche i genitori della prima ragazza con cui sono stato» disse Fran senza distogliere lo sguardo dalla strada «ma questa è una storia che ti racconterò più avanti» disse misteriosamente.

Stavo mostrando a Fran dei luoghi della provincia di Alicante. Quel pomeriggio toccava a Monóvar. Fran guidava seguendo le indicazioni del GPS. Aveva un atteggiamento rilassato nonostante il fiasco del pranzo. Ogni due minuti, girava la testa, mi guardava e sorrideva. La sua mano destra passava più tempo ad accarezzare la mia gamba sinistra che sul volante.

Ero così innamorata. Fran aveva tutto, quello che doveva avere e che non doveva. È difficile da spiegare, ma quando ami tanto qualcuno respiri soltanto amore. Ed io respiravo solo amore. Non mi importava cosa accadeva di giorno o di sera, quello che facevo o che non facevo, perché l'unica cosa era amare. Amare persino la cosa più ridicola, amare l'essere più minuscolo, sentivo che un giorno sarei esplosa d'amore. Mangiavo solo amore, bevevo solo amore. E la fonte di questo amore traboccante, incommensurabile e immenso era Fran. Non avevo mai provato per nessuno questo amore, era come stare perennemente sulle montagne russe. E non volevo che si fermasse.

Arrivammo a Monóvar. Passeggiammo senza fretta per le vie. Visitammo la Torre e il Castello di Monóvar e tornammo ad Elche.

La strada del ritorno in auto fu come all'andata, solo che, in questo caso, non dovendo stare attento al GPS, Fran fu molto più premuroso con me. Mi piaceva come mi trattava. Nell'ultimo tragitto in auto fino a casa sua restammo totalmente in silenzio, senza carezze e senza sguardi.

Fran parcheggiò la BMW nel posto auto. Entrammo nell'ascensore del suo bungalow, e quando Fran schiacciò il tasto per salire, feci scivolare la mia mano sui suoi pantaloni. Iniziammo a baciarci, con forza, con ansia, con intensità, come chi desidera ardentemente qualcosa da molto tempo.

Prima che l'ascensore arrivasse all'interno del suo bungalow, mi mancava già la metà dei vestiti. Arrivammo al divano senza sapere come. Sentivo i battiti del suo cuore e lui poteva udire i miei. Riuscivo a malapena a respirare normalmente. Sentii come mi penetrava e mi invase un'onda di piacere. Il sesso tra noi era sempre esplosivo, come un vulcano in eruzione.

Settimana Santa. Ricordo quando, da piccole, mia sorella ed io andavamo alle processioni a raccogliere caramelle. Ogni anno facevamo a gara per vedere quale delle due vinceva. Quasi sempre era una vittoria a pari merito, dato che presentandoci insieme era strano che le dessero a una e all'altra no.

Avevo gli ultimi giorni della settimana liberi. Ciò che più desideravo era passarli con Fran. Secondo Cel, Laura, Paula, mamma, papà e fondamentalmente, tutto il mio mondo, stavo diventando dipendente da Fran, qualcosa che avevo sempre criticato negli altri.

Mercoledì mattina in ufficio, Fran mi sorprese con due biglietti aerei.

«Andiamo a Bilbao tre giorni. Ti va? Fai la valigia, l'aereo parte stasera» disse all'improvviso.

«Cosa? Ma ...» mi aveva presa completamente alla sprovvista.

«Preoccupati solo di fare la valigia, ti passo a prendere a casa tua, appena prendo la mia valigia a casa mia» mi diede un bacio rapido sulla guancia e tornò nel suo ufficio con i pantaloni che gli aveva regalato mia mamma per Natale, dei pantaloni che, devo ammettere, gli segnavano quel culo palestrato. Naturalmente i pantaloni li avevo scelti io e non mia madre.

Tornando a concentrarmi sul lavoro udii una mia collega dire a Sofi che non sapeva cosa Fran poteva vedere in me. Fran aveva sedotto, senza volerlo, la maggioranza delle mie colleghe e anche qualche collega maschio come Werry, ma siccome non le badava sfogavano rabbia e invidia su di me.

Atterrammo a Bilbao di sera. C'era troppo vento. Nonostante questo, Fran mi portò a cena. Dopo aver lasciato le valigie in hotel, andammo al ristorante di alcuni suoi amici dove servivano *pintxos*.

Era tutto buonissimo. Finii per gonfiarmi da tanto mangiare e gli amici di Fran erano affascinanti. Nel gruppo di amici c'era una ragazza delicata, quasi fragile, più per l'atteggiamento che per l'aspetto, che non smetteva di fissare Fran. Fisicamente era bionda, con i capelli ricci, gli occhi scuri, di statura media, né grassa né magra, non si notava per niente. Ma aveva un alone di mistero. Era estremamente timida, quasi ostile, parlava solo con gli altri, mai con me, si poteva dire che mi ignorava. Non le diedi importanza, fino a che tornando dal bagno udii le seguenti parole:

«Dovevi restare con mia sorella, con lei sì eri felice» disse uno dei suoi amici indicando la ragazza bionda.

In quel momento strinsi i pugni con forza. Chi si credeva di essere per giudicare il nostro amore in un paio d'ore? In quei momenti pensavo sempre a mia sorella, a come avrebbe reagito lei. Sì, lei mi avrebbe difesa gridando improperi. Sarebbe stato divertente, ma non adeguato.

Mi avvicinai al mio posto accanto a Fran, ma la mia sedia non c'era più.

«Oh! Scusa, stiamo sparecchiando» disse ridendo uno dei suoi amici, che evidentemente era il fratello della bionda.

Fran guardò i suoi amici con disapprovazione. Non mi sembravano più così simpatici questi amici del nord, piuttosto un gruppo di falsi.

«Andiamo?» disse Fran alzandosi.

«Dai, restate un po'» protestò uno dei fratelli, «non vedi Patricia da tempo, dovrete aggiornarvi. Se non oggi, domani.»

In quel momento sentii una voglia irrefrenabile di spaccare la faccia all'amico di Fran. Ovviamente Fran lo notò e ce ne andammo immediatamente.

Appena percorse un paio di vie, Fran mi fermò e mi baciò con dolcezza.

«Stai bene? Avevo dimenticato quando possono essere idioti i miei amici quando porto con me una donna.»

«Quante ne hai portate?» chiesi con curiosità.

«Un paio» disse Fran e fece la stessa faccia dei giorni prima con mia madre al ristorante.

«E con tutte sono stati *così*?»

«Con tutte» Fran mi avvolse con le braccia. «Quando ero piccolo passavo qui l'estate. Il mio bisnonno era di qua.»

Ci sedemmo su una panchina sulla riva del Nervión.

«Durante una di quelle estati conobbi due fratelli, quelli che ti hanno parlato in malo modo, che se non lo hai notato sono gemelli.» No, non lo avevo notato, si somigliavano appena. Fran continuo il racconto. «L altro amico è suo cugino. Un giorno mi presentarono la loro sorella minore.»

«Patricia.»

«Si, Patricia. Dovevi vederla, era bellissima, non come ora, aveva l'aspetto di un angelo.» Inspirò profondamente e iniziò il suo racconto.

«La prima estate non successe nulla. La seconda ci siamo dati un bacio. Passavano le estati, e noi crescevamo. Trascorrevo il resto dell'anno a pensare a lei. La chiamavo al telefono, ci mandavamo delle lettere o parlavamo via pc. Durante l'adolescenza ci fidanzammo ufficialmente. Giurammo di amarci per tutta l'eternità e altre sciocchezze che si fanno a quella età. Ma tutto finì bruscamente un'estate.» Fran mi fissò; sorrise tristemente e mi accarezzò; il mento.

«Lei si innamorò; di un atro. Il primo giorno di quell'estate arrivai per vederla, ma cercandola, i suoi fratelli si dimostrarono molto misteriosi riguardo la sorella. Il quarto giorno la trovai per caso che baciava un altro. Quello fu il giorno in cui smisi di credere all'amore, fino a quando ti ho conosciuta.» Fran lesse incredulità nel mio sguardo. «Adela, suppongo che penserai che te lo dico tanto per dire, ma non è cosi. La prima volta che ti ho vista con i capelli spettinati, che ti davano quell'aria così sexy, ho sentito qualcosa dentro di me. Poi c'è stato quel malinteso che mi ha fatto arrabbiare, perche davvero volevo uscire con te quel giorno, scoprire se ciò che sentivo era reale o un'illusione.» Fran guardò; verso l'oscurità dell'orizzonte stellato con malinconia. «Lei è stata la prima che ho baciato, la prima che ho desiderato e la prima che ho amato, però voglio che tu sia l'ultima.

Avevo ascoltato attentamente il discorso di Fran, mi aveva emozionato. Che fortuna. Che grande fortuna avevo avuto a incontrare qualcuno da poter amare con tutti i suoi pregi e difetti, con cui poter condividere tutto, ma la cosa migliore era che lui provava lo stesso per me. Il modo in cui Fran mi trattava rendeva tutto più semplice.

Nei tre giorni seguenti ci godemmo Bilbao e la gastronomia vasca. Fran mi risparmiò *l'onere* di rivedere i suoi amici perché non mi sentissi male, era così adorabile.

La nostra gita a Bilbao diventò un viaggio romantico, idilliaco, non adatto per i diabetici. Emanavamo amore, sfioravamo i cliché, non mi riconoscevo.

Nei tre giorno percorremmo a piedi il Casco Viejo (centro storico), facemmo uno spuntino nella Plaza Nueva, attraversammo il Puente Zubizuri, visitammo il Museo Guggenhein — che mi fece innamorare-, il Palacio Euskalduna, passeggiammo per il Parque di Doña Casilda de Iturrizar e andammo al Museo Bellas Artes di Bilbao. L'ultimo giorno Fran volle vedere un partita dell'Athletic di Bilbao nello Stadio San Mamés, io cercai di resistere, ma alla fine mi arresi e lo accompagnai. Continuavo a non capire la sua passione per il calcio.

Arrivati ad Elche mi sentivo galleggiare. Non potevo smettere di guardare Fran, il suo impressionante sorriso, i suoi occhi, i suoi capelli, la sua espressione maliziosa. Se avessi potuto congelare il tempo, senza dubbio avrei scelto questo, il nostro ritorno, condividendo felicità.

Il giorno seguente, anche se eravamo stanchi per il nostro viaggio a Bilbao, riuscii a convincere Fran ad accompagnarmi a vedere la Processione delle Alleluia, il mio giorno preferito della Settimana Santa.

Come con le caramelle, Cel ed io da piccole facevamo a gara anche per raccogliere il maggior numeri di alleluia. In questa gara vincevo sempre io, perché ero più alta e più veloce.

Arrivammo in centro ad Elche e ci mettemmo in una buona posizione per goderci la processione, come avevamo fatto una settimana prima. A Fran piacque molto l'esplosione di colori che si verificava quando le persone dai balconi tiravano grandi quantità di alleluia.

La sera di quello stesso giorno accadde qualcosa di inatteso. Dicono che le cose sempre si rompono quando arrivi a un punto di equilibrio in cui sei completamente felice. Fran era seduto sul divano con la testa tra le mani, era abbattuto. Sua madre lo aveva chiamato dandogli cattive notizie: avevano ricoverato suo padre in ospedale, non era grave, ma Fran era molto preoccupato.

«Tua madre ti ha detto di non preoccuparti, vero?» dissi delicatamente.

Fran continuava a stare seduto senza dire nulla.

«Fran, cosa gli è successo?»

Fran alzò lentamente la testa e mi guardò con timore.

«Lo hanno investito sulle strisce pedonali» Fran scoppiò a piangere.

Mi avvicinai a lui, mi sedetti accanto a lui e lo abbracciai.

«Quando andiamo a Barcellona?» gli chiesi con decisione.

«Non voglio che tu conosca la mia famiglia in questa situazione, ti prego di capire. Desidero che tu la conosca, ma non così» Fran si asciugò le lacrime. «Avevo pensato di portarti a Barcellona in estate, per terminare le nostre vacanze.» Fan si alzò e mi prese le mani. «Potremmo andare per un po'in qualche posto e poi a Barcellona. Ti piacerebbe?»

«Mi piacerebbe molto» sorrisi. «Quando andrai a Barcellona?»

«Appena avrò un biglietto aereo.»

«Fran non preoccuparti, vedrai che non è niente e starà subito meglio» lo consolai.

«Grazie per tutto Adela» si avvicinò, mi abbracciò e mi baciò.

La mattina seguente mi risvegliai nel mio letto. Mancava qualcosa, o meglio qualcuno, Fran. Mi ero abituata alla sua presenza, a dormire con lui, a mangiare con lui, negli ultimi giorni avevamo fatto tutto insieme.

Mi alzai, e uscendo dalla mia stanza trovai mia sorella in pigiama seduta sul divano a guardare la televisione.

«Hai progetti per oggi con la *tua ombra?*» Celeste rideva di me.

«Ha dovuto andare via, un'auto ha investito suo padre.»

«Oddio! Sta bene? Cosa si è fatto? » disse Cel alterata.

«Per quello che mi ha raccontato Fran che è arrivato ieri a Barcellona, ha una contusione alla costola sinistra, la gamba destra fratturata e un taglio profondo sul petto. »

Cel ed io decidemmo di trascorrere la giornata insieme. Ultimamente ci eravamo viste a malapena, anche se vivevamo insieme, sentivo che ci eravamo allontanate di nuovo.

Quel giorno toccava mangiare *mona de Pascua* (dolce pasquale). Cel ed io decidemmo di andare a mangiarla alla spiaggia del Carabassì, dato che il Pantano de Elche si riempiva sempre di gente. Anche al Carabassì c'era abbastanza gente.

Quando Cel ed io eravamo piccole mio padre ci organizzava una caccia al tesoro per le uova di Pasqua. Costruiva delle uova enormi di cartone utilizzando come stampo un uovo di struzzo. Poi le dipingeva con colori vistosi, li ornava e li nascondeva nel giardino di casa. Dentro le uova nascondeva sempre regali o foglietti, dove scriveva il nome del regalo se non ci stava dentro un uovo. Ci divertivamo molto a quell'epoca, mi mancava quel modo di divertirsi.

Per quanto tentassi di stare bene, non potevo evitare di pensare a Fran. Volevo sapere come stava, ma non volevo disturbarlo chiedendoglielo ogni due minuti. Inoltre, mi mancava la sua presenza. Dovevo ammettere che con il tempo ero diventata dipendente da lui, come dicevano tutti.

Dopo mangiato, ci arrischiammo a provare l'acqua del mare. Io, che ero la più coraggiosa delle due, mi avventurai a mettere un piede in acqua, fingendo che l'acqua fosse a una buona temperatura quando in realtà era gelata. Cel ci cascò e si buttò in acqua per uscirne rapidamente. Cel gridava «Che freddo, che freddo!», mentre io non riuscivo a smettere di ridere. Alla fine riuscii a rilassarmi e smettere di pensare a Fran.

7. Buon compleanno.

Arrivò aprile e con esso il mio ventiseiesimo compleanno. Cel mi stava organizzando una festa a sorpresa a casa dei miei genitori, così segreta che me ne accorsi il primo giorno che iniziò a pianificarla, e si concluse con una cancellazione totale e passò al piano B. Il piano B era la stessa cosa, ma a casa mia, ma anche stavolta me ne accorsi senza volere. Alla fine non ci fu nessuna festa.

Fran decise di prendere in mano la situazione e ci invitò tutti a mangiare a un ristorante molto costoso, facendomi innervosire. Perché gli piaceva sprecare il denaro in questo modo? Aveva tanti soldi? Ma la cosa peggiore era che aveva invitato Paula e Laura che non si potevano proprio vedere. Fran mi diceva sempre che avrebbero finito per riconciliarsi, quanto poco conosceva le donne, anche se aveva avuto tante relazioni.

Due giorni prima dell'atteso compleanno, mi trovai con Laura per fare shopping. Volevo comprarmi un vestito per il compleanno con cui farmi notare, e dato che la moda non era il mio forte, feci ricorso alla mia amica affinché mi consigliasse, e le avrei detto che doveva dividere il tavolo con Paula.

«Come ti sembra questo vestito? È bello e mi sta bene.» dissi dopo essermi provata un vestito mentre mi guardavo allo specchio nel camerino.

«Naturalmente non hai conquistato Fran con il tuo modo di vestire» prima frecciatina del pomeriggio, alla fine Cel aveva ragione riguardo a Laura.

«Io lo vedo bene» era un bel vestito, forse più appropriato per una cena, ma mi piaceva moltissimo.

«Non comprarlo, dammi ascolto. Mi hai portata con te per questo, no?»

Dovevo portarmi un'altra persona.

«A me piace» no, non mi piaceva, mi incantava!

«Toglitelo e non perdiamo tempo, poi devo farmi la manicure.» Laura uscì dal camerino e si allontanò di qualche metro. Dopo pochi minuti tornò con un abito brutto che potevo indossare solo per travestirmi ad Halloween. «Non ti sei ancora tolta quel vestito?» mi diede l'altro abito, lo presi e restai a guardarlo con un'espressione spaventata, Laura andò a cercare altri vestiti. Decisamente non sarei più andata a fare spese con Laura.

Dopo due minuti uscii dal camerino con il sorriso, avrei comprato il vestito che piaceva a me. Laura fece una faccia arrabbiata, ma non disse nulla.

Dopo essere uscite dal negozio, mentre guidavo e pensavo a come dirle che avrebbe dovuto dividere il tavolo con una delle persone che, sicuramente, odiava di più, Laura mi sorprese confessandosi con me riguardo al passato.

«Credo che tu abbia toppato con il vestito» Laura si guardò le unghie e le avvicinò alle labbra. «Non mi è mai piaciuto che in Germania tu abbia preso le parti di Paula.»

«Cosa?» replicai stupita.

«Lo sai, Egbert. Ero innamorata di lui, per Paula era solo un capriccio.»

«Questo non puoi saperlo» evidentemente la mia amica pensava ancora al tedesco.

«Tu ti sei schierata dalla sua parte» sospirò «sei stata parziale.»

Non avevo idea del perché mi raccontava tutto ciò quando erano passati degli anni.

«Credo che non ti ricordi come è andata. Sono stata totalmente imparziale, sono rimasta da una parte senza immischiarmi. Sono stata male a vedervi litigare. Non ho mai parlato con Paula di quanto accaduto e non voglio cancellare il passato. Se quello che vuoi è rimarginare le ferite, devi parlare con Paula non con me.»

«Mi dispiace, non sapevo che eri stata male anche tu, ma spero di non rivederla più.»

«Laura ...» dissi con timore.

«Sì?» Laura sapeva che stavo per dirle qualcosa che non le piaceva.

«Fran ha invitato Paula al mio compleanno» dissi paurosa.

«Se viene lei, io non vengo» disse come se fosse l'ultima cosa da fare al mondo.

«Laura, dai, è solo un pranzo.»

«Ringrazia il tuo fidanzato per l'invito.» Per lo meno non fece una scenata.

Arrivate nella via dove viveva, Laura scese dall'auto. Forse Laura e io non avevamo gli stessi gusti, ma almeno il pomeriggio era servito per chiudere un po' di più questa vecchia ferita che si trascinava e della quale, senza volerlo, mi aveva resa partecipe.

Arrivò il venti aprile, il mio compleanno, che quest'anno cadeva di sabato. La prima a farmi gli auguri, come la maggior parte degli anni, fu mia madre. A mezzanotte e un minuto suonò il campanello di casa mia accompagnata da mio padre.

«Auguri, tesoro!» disse mia madre e mi diede uno di quegli abbracci che ti lasciano senza fiato.

«Auguri!» disse mio padre che fu più misurato con l'abbraccio.

Cel, che stava dormendo, aprì la porta della sua stanza con una faccia assonnata e i capelli spettinati.

«Che succede? Perché siete qui?» disse rivolgendosi ai miei genitori.

Cel abbassò lo sguardo, guardò le borse con i regali portate dai miei genitori, spalancò gli occhi, sollevò di nuovo lo sguardo e si sporse su di me riempiendomi di baci.

I miei genitori erano geniali. Mi regalarono una bella collana d'argento, un fazzoletto per il collo, una colonia – non manca mai – e i calzini più belli del mondo. Non potevo farci nulla, da sempre mi piacevano i calzini. Cel mi regalò un corso online che sapeva che desideravo e dei braccialetti.

Il mattino seguente, al risveglio, trovai una deliziosa colazione sul tavolo della sala da pranzo, accanto a dei fiori e un biglietto scritto a macchina. Il biglietto diceva: «Oggi sarà il giorno migliore della tua vita.» A casa non c'era nessuno, ero sola.

A metà mattina suonarono il campanello, era Fran e il suo affascinante sorriso. Aprii la porta, prima che potessi proferire parola mi stava già baciando appassionatamente. Sì, la mattinata era molto, molto buona. Passammo il resto della mattina a letto a parlare e ridere.

Mi presentai in salotto vestita, pettinata e truccata per andare al ristorante, indossavo il regalo di Fran, un pendente di Swarovski con orecchini abbinati. Fran restò a fissarmi sorpreso, a bocca aperta.

«Se non fosse perché arriveremmo tardi alla tua festa, ti toglierei subito il vestito» disse senza smettere di guardarmi, mentre arrossivo all'istante.

Durante il tragitto in auto, che era un po' lungo, Cel, Fran ed io giocammo a dare un voto a ex fidanzati e personaggi famosi che ci attraevano fisicamente, a Cel piaceva molto questo gioco. Papà e mamma ci seguivano con la loro auto, rifiutandosi di salire nell'auto di «quel presuntuoso del tuo fidanzato». Il pranzo sarebbe stato teso.

Arrivati al ristorante, Fran andò in bagno, mentre mamma, papà, Cel ed io ci sedemmo a tavola. Paula non era ancora arrivata.

«Adela tesoro, fai attenzione a Fran, che quando arriva Paula non ti scambi con lei» disse mia madre con tono malevolo.

«Mamma per favore!» risposi alterata.

«È la verità tesoro. Il tuo fidanzato cambia le ragazze più spesso delle magliette.»

«Magdalena lascia in pace tua figlia» mi difese mio padre.

«Pedro è questione di tempo e si stancherà di tua figlia» gli rispose mia madre.

Mangiammo quello che i miei genitori definivano *cibo per grilli.* Era un menù che poteva essere uscito da un programma di cucina della televisione.

«Ti piace?» mi chiese Fran a metà del pranzo.

«Certo!» risposi emozionata.

Il cibo mi sembrava spaventoso, credo che piacque soltanto a lui.

Terminato il pranzo Cel andò nell'auto dei miei genitori senza dirmi nulla. Mi stupii, pensavo che tornasse con Fran e con me. Una mano conosciuta prese la mia. Fran mi portò fino all'auto. Accese il motore e mise in moto.

«Fran stai andando nella direzione contraria» dissi, senza capire cosa stava accadendo.

«È la strada giusta» disse senza distogliere lo sguardo dalla strada.

«Ma ...»

Fran sorrise.

«Apri il vano portaoggetti.»

Lo aprii. Dentro c'era un pacchetto rettangolare avvolto in carta regalo.

«Aprilo» disse con insistenza.

Era una foto di noi due abbracciati e sorridenti in bianco e neo. Odiavo le foto in bianco e nero, le avevo sempre odiate, ma questa mi piaceva molto.

«Dove stiamo andando?» gli chiesi ansiosa.

«Vedrai» mi rispose, lasciandomi nel dubbio.

Arrivammo a un centro benessere nascosto tra le montagne, sembrava fuori dal mondo. Entrando dalla porta una melodia *chill out*, accompagnata da un profumo di incenso, mi fece rilassare. Andammo nella nostra stanza a metterci comodi. Sul letto c'era una valigia con abiti che Fran aveva comprato per me.

«Non dovevi disturbarti» dissi a Fran.

«Vale la pena averti portata qui solo per vedere la tua espressione felice.»

Trascorsi il resto del pomeriggio facendo un massaggio dopo l'altro. Avevo bisogno di rilassarmi e dimenticare tutto. Era proprio una bella giornata. La sera ci prepararono una cena sulla bella terrazza della nostra stanza, con un cameriere a nostra disposizione, che ci impediva di avere un certo grado di intimità. Un sommelier entrò nella stanza e ci consigliò due vini diversi, naturalmente Fran acconsentì. Per il dessert, venne una signora che ci spiegò il menù dei dolci, ordinammo lo stesso dolce, tartufo alla menta.

Mi svegliai con i baci di Fran. Mi sentivo come la protagonista di un racconto di fate. In terrazza ci servirono anche la colazione. Avevo freddo, mi avvolsi in un lenzuolo e uscii fuori a godermi la vista. Mi sedetti sulle ginocchia di Fran, e lui mi baciò la guancia, mentre iniziava a mangiare. Avevo il miglior fidanzato del mondo, ed era solo mio.

Dopo colazione chiedemmo il pranzo al sacco, e ne approfittammo per fare percorsi di trekking.

Tornati al resort, ci godemmo la jacuzzi, il bagno turco, la sauna e le altre attrezzature. La maggior parte della giornata Fran rimase assente, al contrario di me che sprizzavo energia. Fu allora che capii che Fran aveva scelto di portarmi in un centro benessere più per lui che per me. Io ero stressata soprattutto per il lavoro, ma lui aveva vissuto male il ricovero in ospedale di suo padre, che si era già ripreso.

Tornammo ad Elche per cena. Durante il tragitto Fran restò pensieroso. Arrivati a casa sua ordinammo cibo indiano a domicilio. Fran era nervoso.

«Adela non so se ti ho detto quanto sei importante per me. Sei stata il mio appoggio in ogni momento, per me sei sempre stata tutto ciò di cui ho bisogno. Ti amo, per sempre.»

E non disse altro riguardo i suoi sentimenti. Durante tutto il fine settimana avevo la sensazione che da un momento all'altro lui si sarebbe inginocchiato, con un anello in mano, ma non fu così. Per la prima volta nella nostra relazione desiderai che accadesse qualcosa di più, un passo avanti. Sarebbe stato logico iniziare a vivere insieme, ma non glielo dissi per non fargli pressione. Passava più tempo a casa mia che nella sua, la maggior parte del tempo stavamo insieme; forse mi sbagliavo e Fran non era un uomo da relazioni serie, ma questo non era ciò che mi aveva dimostrato, o forse il problema esisteva soltanto nella mia testa, se esisteva qualche problema. Non avevo mai desiderato andare tanto lontano con nessuno, con Fran avevo quasi la necessità di stare con lui a tutte le ore, era un'ossessione.

8. Non lasciarmi.

Una settimana prima dell'inizio di giugno stavo già pianificando le mie vacanze con Fran, avevamo il mese di luglio libero, avevo moltissime idee, e tutte affascinanti, almeno per me. Volevo fare tante cose e avevo così poco tempo, in realtà non era proprio poco, ma lo era per tutto quello che desideravo fare con lui. Il bello era che Fran mi lasciava scegliere la destinazione, e dato che il caldo a Elche era pressante, volevo un luogo nel nord dove rinfrescarci, ma mi piaceva anche un giro nella natura dell'America del Sud, a parte molte altre idee.

«Adela, avete tutta la vita per fare tutto questo, scegli una destinazione, al massimo due, e decidi» mia sorella aveva ragione, era meglio prendere le cose con calma.

Era incredibile come con il passare dei mesi la nostra relazione si fosse consolidata. Forse il punto che restava in sospeso era conoscere di più le nostre famiglie. Lui aveva visto un paio di volte i miei genitori ed io mai i suoi. Decidemmo, in realtà decise lui, che al ritorno dal nostro viaggio mi avrebbe portata a Barcellona a conoscere la sua famiglia. Sinceramente, lo desideravo.

Lunedì, l'ultima settimana di maggio, mi alzai di buon umore, preparai la colazione a mia sorella e andai al lavoro con l'illusione del viaggio imminente. Nemmeno l'ingorgo della mattina intaccò il mio stato d'animo, al contrario, avevo più tempo per fare progetti per il viaggio nella mia testa mentre cantavo le canzoni che passavano alla radio. Quella giornata trascorse veloce, la sera Fran veniva a cenare a casa mia, approfittando del fatto che Celeste usciva con *un'amica* della sua classe.

So che non va bene, ma avevo letto i messaggi sul cellulare di mia sorella, non che fosse una scusante, ma ultimamente la vedevo più silenziosa del solito, così spiai un po'il suo telefono, in realtà più di un po', approfittando dei momenti in cui era sotto la doccia. Da un mese chattava con un bellissimo ragazzo della sua classe, un biondino dagli occhi verdi con un viso da bambino, che per quello che lessi, non somigliava affatto agli uomini con cui era uscita fino ad allora, mi rallegrai per lei.

Arrivata a casa preparai in fretta la cena, volevo che quella sera tutto fosse perfetto, volevo dire a Fran quanto lo amavo. Feci una doccia, arricciai alcune ciocche per dare ai capelli un aspetto ondulato, indossai un vestito bianco e mi sedetti in attesa. Non poteva tardare. Venti minuti più tardi ero ancora lì, impaziente. Fran era sempre puntuale come un orologio. Quaranta minuti dopo lo chiamai, ma non rispose. Un'ora dopo. Due ore. Non smettevo di chiedermi: «Fran, dove sei?»

E ricevetti la chiamata che mai avrei desiderato, quella che non ti aspetti. Fran non c'era più. No, non avevo sentito bene. Non era possibile, naturalmente avevano sbagliato persona. Mi alzai in piedi, gridai il più possibile e quel nodo allo stomaco si sciolse. Scoppiai a piangere, era impossibile, impossibile. Presi il cellulare e digitai il suo numero, tutte le volte mi diceva che era spento o irraggiungibile, dopo più di dieci tentativi lanciai il telefono contro una delle pareti. Non potevo crederci, era terrificante, il mio mondo non aveva più senso, mi sentivo molto triste, nessuno mi aveva preparata per questo. Trascorsi alcuni minuti la porta si aprì, Cel fu sorpresa di vedermi stesa a terra a piangere sconsolata come non avevo mai fatto. Provavo tanto dolore! Cel si avvicinò precipitosamente mentre cercavo di rialzarmi, mi gridava spaventata: «Cosa ti succede?», ma io non riuscivo a dire nulla, non avevo nemmeno la forza di parlare. Alla fine, un po'più calma, le dissi con un filo di voce:

«È Fran, è Fran, è Fran» ripetevo costantemente.

Quel pomeriggio era uguale ad altri, non aveva nulla di speciale. Fran era contento perché non smetteva di immaginare le sue future vacanze con quella che secondo lui era la donna della sua vita, cioè io. Appena uscito dal lavoro andò in una gioielleria a vedere degli anelli di fidanzamento, aveva pensato di chiedermi di sposarlo durante il viaggio, come mi disse uno dei suoi fratelli alcuni giorni più tardi, io non ne avevo idea. Poi uscì di corsa prima della cena a casa mia, e quella fu l'ultima cosa che fece. Durante il tragitto fu colpito da un attacco cardiaco. Un passante lo vide a terra e chiamò i soccorsi. Quando arrivò l'ambulanza tentarono di rianimarlo, ma non ci riuscirono. Fran se ne era andato, e con lui il mio mondo era completamente crollato, fino a quel momento non mi ero resa conto di quanto dipendevo da lui emotivamente.

Non sapevo cosa si faceva o si diceva in quei momenti. Con la sua auto Cel mi portò all'ospedale, dove c'erano quasi tutti i dipendenti dell'azienda più alcuni suoi amici. Tutti si avvicinarono e mi dissero parole gentili, io li ringraziai soltanto. Poi mi si avvicinò una delle due psicologhe che prestavano assistenza, una donna di circa quarant'anni, con la faccia stanca, che vedendo come stavo mi fece un discorso che aveva ripetuto mille volte nella sua vita, e mi prescrisse qualche antidepressivo.

I giorni seguenti vissi come un automa. Feci rapidamente i bagagli per Barcellona, dove sarebbe stato sepolto, senza badare a cosa mettevo in valigia. Quasi non mangiavo, quasi non parlavo, quasi non dormivo, e molto altro.

Il giorno successivo alla sua morte, i miei genitori, Cel e la maggioranza dei dipendenti dell'azienda ed io volammo a Barcellona di pomeriggio, il funerale era il giorno dopo, il corpo era già arrivato. Mi sentivo così male, non mi andava di fare nulla, tutto era doloroso e non riuscivo a stare più di due minuti con il viso asciutto.

Arrivati a Barcellona andammo direttamente in hotel, io dividevo la stanza con Celeste, che aveva il compito di prendersi cura di me. Entrata nella stanza, feci una doccia, presi un antidepressivo e andai a letto senza cenare. Il mattino seguente mi vestii e scesi a fare colazione al buffet dell'hotel con la mia famiglia, poi un taxi ci portò in chiesa. La cerimonia fu rapida e ne fui grata. Dopo la cerimonia si formarono vari gruppetti dove ciascuno porgeva le proprie condoglianze ai famigliari. Io restai accanto alla mia famiglia.

Una donna molto alta, ben in carne e bionda, si avvicinò a me e si presentò. Era la madre di Fran, fisicamente non assomigliava per niente al figlio defunto. Mi ringraziò per aver reso così felice suo figlio durante gli ultimi mesi di vita, evidentemente Fran le aveva parlato molto e molto bene di me. Sinceramente, non avevo mai pensato che questo sarebbe stato il modo in cui avrei conosciuto la madre di Fran, non immaginavo nemmeno che la madre di Fran fosse una donna tanto affabile e cordiale. Per aver perso un figlio, era abbastanza serena, anche se si notava che era un atteggiamento impostato. Dopo aver parlato un po' con me si rivolse ad un altro familiare.

Werry, che si era dimostrato molto preoccupato per me, si avvicinò.

«Prenditi il tempo di cui hai bisogno. Quando tornerai, se decidi di tornare, il tuo posto ti aspetterà. Abbi molta cura di te.»

Mi abbracciò con affetto. Non mi aveva mai abbracciata, eccetto quella volta a Parigi, casualmente entrambe le volte il motivo era Fran. Si congedò e non lo rividi più per molto tempo, ma quel momento così sincero mi restò impresso.

Mia madre e mia sorella restavano sempre al mio fianco, io ero fisicamente in chiesa, ma non mentalmente, i miei pensieri divagavano da una parte all'altra, senza collegamento, senza senso, con molta confusione, la mia mente sembrava collocata in una brutta scena psichedelica di un film che si ripeteva più volte senza terminare mai. I familiari di Fran andavano e venivano a presentarsi e parlarmi. Alcuni mi raccontavano aneddoti della sua vita poco conosciuti, altri tutto quello che aveva raccontato loro su di me, ma non so se mi dissero qualcosa realmente interessante perché non prestai la minima attenzione, non per maleducazione, ma perché ero incapace di prestare attenzione. Poco a poco mi sentivo cadere in una fitta nebbia che mi intrappolava e non mi lasciava uscire, avevo bisogno di un antidepressivo o non lo avrei sopportato. Interruppi bruscamente uno dei cugini di Fran che mi raccontava come era stato il suo viaggio a Minorca e uscii verso la caffetteria di fronte in cerca di un bicchiere d'acqua, i miei genitori e Cel mi seguirono. Presi l'antidepressivo, ma non mi sentii meglio, mi sentivo colpevole per voler sfuggire al dolore, era come tradire Fran. Tornai in hotel e dormii per quasi due giorni di seguito, mi svegliavo solo per mangiare quello che la mia famiglia mi faceva arrivare in camera.

Avevo deciso di restare a Barcellona una settimana o due, o forse di più, i miei genitori non potevano fermarsi tanto, e nemmeno Cel, così che sapevo che sarei rimasta da sola, per questo i miei genitori insistevano che mi tenessi in contatto con la famiglia di Fran, sempre che non mi facesse sentire troppo male.

Il terzo giorno i miei genitori mi convinsero a fare un giro per la città, dato che partivano quel pomeriggio, ma io prestavo attenzione a malapena.

Mentre stavamo camminando per la città, mia madre entrò in un negozio di souvenirs e comprò un ventaglio, con la parola Barcellona scritta in stampatello, per combattere il caldo intenso. Passammo per una cartoleria e Celeste insistette per entrare, le piaceva molto la cancelleria. Si comprò un sacchetto pieno di diversi oggetti: matite, penne colorate, diversi tipi di quaderni e altre cose che non ricordo. Io comprai un taccuino e cinque penne di colori diversi ricordandomi che la psicologa mi aveva raccomandato di scrivere i miei sentimenti. A mezzogiorno mangiammo in un ristorante vicino al porto, più tardi tornammo in hotel.

L'atmosfera era brutta, in condizioni normali sarebbe stata molto bella. Ricordo quando Cel ed io eravamo piccole e viaggiavamo, facendo sempre degli scherzi, ridendo senza smettere, aiutando la mamma a mettere puntine da disegno sul suo mappamondo gigante nei posti dove eravamo già stati, Cel chiedendo gelati sempre di un gusto diverso in ogni posto, io fissandomi con i ragazzi nella mia adolescenza, e mille altri aneddoti. Una delle nostre abitudini nei viaggi su strada era comprare un souvenir in ogni luogo dove ci fermavamo, sia che fosse una stazione di servizio o un bar fuori dal mondo. Nei nostri viaggi in aereo compravamo un ricordino di ogni aeroporto, e se erano in treno, un souvenir di ogni stazione. Ne avevamo tanti che papà li conservava in una vetrinetta apposita.

Il congedo fu duro, avevo bisogno dei miei genitori con me, del loro calore, amore, ma avevano degli impegni a Elche ed io non ero ancora disposta a tornare, perché sarebbe stato tornare ad una vita in cui lui non esisteva più, e mentre potevo restare a Barcellona, fuori dalla mia routine abituale, potevo mantenermi in *stand by.*

La sera Cel propose di uscire a cena, ma io rifiutai. Cenammo in hotel, anche se cominciavamo a stancarci del cibo del buffet, e tornammo in camera a dormire, sebbene fosse presto. Ma non riuscivo a dormire, mi rigiravo nel letto, senza poter conciliare il sonno.

Gli dovevo tanto, mi aveva dato tanto e se ne era andato così presto, che sentivo un vuoto immenso che pensavo mai nessuno poteva colmare. Mi sentivo sull'orlo di un precipizio che ti tenta per saltare mentre qualcuno ti trattiene per impedirtelo. Mi sentivo desolata pensando a tutto quello che potevamo essere e non eravamo stati. Sentimenti, questa era la parola chiave, cosa potevo fare per non sentirmi spezzata dentro? Ero agonizzante, cosa succedeva ai nostri progetti? Al nostro futuro? Dove avevamo dimenticato i nostri ti amo? Non potevo abbandonarlo, non ancora. Anche se lui non c'era più, avrei fatto quel viaggio sognato. Avrei iniziato il giorno successivo, tracciando un percorso che mi avrebbe aiutata a superare un po' la sua assenza.

Era appena l'alba quando mi svegliai nella mia stanza d'albergo e Cel continuava a dormire. La sera precedente avevo dimenticato di chiudere le tende e i primi raggi di sole colpivano le mie gambe. Mi alzai, feci una doccia e scesi a fare colazione.

Prima di rendermene conto mi trovai dentro a un taxi sulla strada del cimitero.

In borsa avevo il taccuino e le penne che avevo comprato il pomeriggio precedente in cartoleria. Arrivai accanto alla sua tomba e ammirai il meraviglioso panorama della città nelle prime ore della giornata, mi sedetti su una panchina lì a fianco e aprii il taccuino, ma non scrissi nulla. Semplicemente, non sapevo cosa scrivere. Volevo creare un itinerario da seguire, un viaggio di addio, ma anche un luogo dove incontrarmi di nuovo con Fran, il nostro angolo, il nostro spazio unico, solo nostro e di nessun altro. Volevo che il viaggio mi ricordasse Fran, ma non con tristezza, anzi con allegria, ricordando tutto l'amore che ci eravamo donati. Volevo tracciare un viaggio con paragrafi corti per lasciar spazio all'improvvisazione. Dopo più di mezzora con il taccuino aperto tra le mani, presi una penna ed iniziai a scrivere:

"Giorno 1. Oggi inizio questo viaggio fittizio che spero, un giorno, diventi realtà, e di farlo pensando che sei tu ad accompagnarmi.

Oggi abbiamo raggiunto una cima in Argentina, dove abbiamo sciato fino a stancarci, abbiamo bevuto cioccolata calda e, poi, ci siamo goduti la jacuzzi della stanza del nostro hotel. E ricorda che ti amo, per sempre."

A mezzogiorno tornai in hotel , tornai alla vita. Una Cel sconvolta mi aspettava sulla porta, agitando le braccia.

«Dove sei andata a finire? Non hai idea di quanto mi sono preoccupata, ho chiamato tutti e nessuno sapeva nulla di te» mi disse molto alterata.

«Dovevo iniziare a pianificare davvero il nostro viaggio insieme» Cel mi guardò con espressione preoccupata.

«Il vostro viaggio? Tuo e di chi altro?» Cel sembrava non capire niente.

«Mio e di Fran, so che non lo capisci, ma è qualcosa che devo fare» dissi con un tono non troppo gentile.

«Adela, Fran non c'è più» Cel cercava di essere conciliante.

«Cel, voglio che sia il mio modo di congedarmi da lui.»

«Ma non puoi andare da sola, nel tuo stato.»

«Non sono invalida.»

«Dove sei stata tutta la mattina?» Cel in quel momento sembrava più mia madre che mia sorella.

«Te l'ho già detto» cominciavo a stancarmi di tante domande.

«Sei andata in un'agenzia di viaggi?» Cel continuava a interrogarmi.

«Più o meno» ciò che meno mi andava in quel momento era dare spiegazioni.

«Dai Adela, per favore, parlami» disse Cel quasi come una supplica.

«Va bene. Sono andata a trovarlo, devo pianificarlo stando vicino a lui.»

«Oh Adela, mi preoccupi, so che stai molto male. Ti prego di credere che prima taglierai il filo, prima potrai voltare pagina.»

«Non credo tu abbia la minima idea di come mi sento, in fin dei conti, per te è sempre stato facile, sei sempre passata da un uomo all'altro senza badare alle conseguenze» dissi con un tono troppo severo.

Cel iniziò a piangere e si voltò per tornare nella propria stanza, ma prima mi disse:

«Non credo che perché stai male, so che stai male, devi essere così ingiusta con me. So perfettamente che non sono mai stata una sorella modello, forse, a tratti, e naturalmente so che la mia vita amorosa non è mai stata convenzionale, ma questo non vuol dire che sia brutta, o peggiore della tua. È mia; io non ti ho mai giudicata, ma tu invece con me lo hai sempre fatto. Non è stato per niente facile dover confrontarmi con te sin da piccole, tu eri sempre, e sei migliore di me in tutto, ma oggi mi hai deluso, mia cara sorella, hai smesso di essere il mio esempio da seguire. Niente ti dà il diritto di trattarmi così, anche se sei mia sorella.»

Si asciugò le lacrime e si incamminò verso la propria stanza, lasciandomi un miscuglio di sensazioni, ma cosa posso dire, era un momento pessimo, in cui non distinguevo le decisioni buone da quelle cattive. Non avevo mai trattato così male mia sorella, e in quel momento era quando meno lo meritava, dato che era il mio maggior sostegno.

"Giorno 3. Oggi mi sono svegliata tra i tuoi baci. Eravamo nel tuo attico con vista quando hai proposto di fare i turisti per la città di cui mi hai tanto parlato e dove non mi hai mai portato. Abbiamo visitato il Parque Güell, la Casa Batlló e la Casa Milà. La sera mi hai portata a vedere una partita nel magnifico stadio Camp Nou. Ti amo, per sempre."

Terminai di scrivere quando, all'improvviso, mi sorella comparve dal nulla.

«Ciao sorella maggiore, come stai?» disse cautamente, come timorosa, con le mani infilate nelle tasche dei pantaloni.

Io non dissi niente, non avevo voglia di parlare con nessuno, e ancora meno discutere di come mi sentivo. Non mi era mai piaciuto che la gente mi trattasse come se fossi debole. Dalla nostra discussione di due giorni prima non avevamo più parlato.

«Non puoi vivere incatenata ad una tomba, lui è morto e tu sei viva.»

«Continuerà a vivere finché ci saranno persone che lo amano.»

«Non ti dico di smettere di amarlo, ti dico di pensare a cosa piacerebbe a lui.»

Celeste fece una pausa, guardò l'orizzonte; da lì si vedeva il porto di Barcellona, sospirò profondamente e continuò. «Non ti sto dicendo di dimenticarlo, ti sto dicendo di non dimenticarti di vivere, torna a casa per favore» mi supplicò.

«A lui piacerebbe essere vivo» restai a fissare il luogo dove riposavano i suoi resti.

«Il mio posto è qui.»

«Accanto ad una tomba? Non voglio continuare così. Domani mattina me ne vado, spero che cambierai idea e che tornerai con me.»

Cel si avvicinò, mi diede un bacio e se ne andò. Io restai ancora un po' con lo sguardo perso all'orizzonte.

Tornata in hotel cercai Cel, che non c'era, così la chiamai al cellulare, ma non rispose, non rispose nemmeno ai messaggi. Avevo bisogno di chiederle scusa per tutto quello che era accaduto negli ultimi giorni, ero troppo tesa, non ragionavo, ma, soprattutto, dovevo ringraziarla per esserci stata quando più ne avevo bisogno.

Passai tutto il pomeriggio sballottata in giro per Barcellona. Mi era permesso cambiare l'ordine del viaggio? Certo che sì. E così feci, visitai i luoghi del giorno 3, ad eccezione del suo attico, dove non pensavo di andare, perché dovevo chiedere le chiavi a sua madre, cosa le avrei detto? Vengo a chiedere le chiavi dell'attico di tuo figlio morto? Suonava morboso. Inoltre, non ero mai stata lì con Fran, il luogo non aveva nessun risvolto emotivo, se si fosse trattato della sua casa di Elche sarebbe stato diverso, lì avevamo passato momenti unici. Non andai nemmeno a visitare lo stadio Camp Nou perché non c'erano partite, ma il giorno seguente sì, così comprai un biglietto per la partita tramite Internet.

Quando tornai nella mia stanza in hotel, tutto era esattamente uguale, mi sembrò strano, ma non gli diedi importanza finché aprii l'armadio: la parte di Cel era vuota. Apparentemente se ne era andata senza salutare e prima del previsto. In quel momento ebbi paura, paura di essere rimasta sola. Mi venne una voglia disperata di prendere il telefono e pregare Cel di tornare, ma non potevo chiederle questo, lei doveva continuare la sua vita ed io dovevo imparare a vivere senza di lui, per cui, mi armai di coraggio e mi ripromisi di essere forte, per la mia famiglia, per Fran e per me.

Feci una doccia e scesi a cena, ma invece di entrare nel ristorante dell'hotel uscii ad esplorare la città come se fossi con Fran. Avevo indossato un vestito con le spalline color porpora, scarpe con il tacco alto e sottile, mi ero truccata e raccolto i capelli in uno chignon, era la prima volta che mi mettevo elegante da molto tempo, precisamente dal giorno fatale, ad eccezione del giorno del funerale.

In giro vedevo solo turisti, i classici turisti con cartine e macchine fotografiche, si notava che non erano del posto, guardavano tutto come se lo vedessero per la prima volta.

Finii in un piccolo ristorante all'angolo di una via e un po' in disparte, come se fossi entrata in un piccolo universo parallelo dentro la stessa città. La specialità del ristorante era il pesce, così ordinai un branzino. Era molto buono, me lo servirono con un calice di vino bianco che mi piacque molto. Anche se non ero molto di buonumore, mi sentii confortata. Era dura, e superare l'accaduto era complicato, anche se nella mia testa risuonava la parola "impossibile", ma essere uscita quella sera, pensando a Fran, immaginandomi con lui percorrendo tutte quelle vie, facendo tutte quelle cose stupide degli innamorati, mi faceva sentire bene. Cercavo di essere positiva, non crollavo già da diverse ore, e per me era una sfida. Ci sarei riuscita, dovevo farlo o avrei perso ogni speranza di vivere.

Tornata nella mia stanza, mi sentii tremendamente sola, mi struccai lentamente mentre le prime lacrime sgorgavano dai miei occhi, mi tolsi il vestito e lo gettai a terra con rabbia. Andai a letto senza riuscire a reprimere il desiderio di piangere. Forse avrei impiegato del tempo a superarlo, ma lo avrei fatto, lo avrei fatto, e finalmente, questa vocina della mia testa che mi diceva che non lo avrei mai superato, avrebbe taciuto per sempre.

Il giorno seguente tornai al cimitero, come oramai era mia abitudine, raccontai a Fran le nostre avventure del giorno prima e pianificai un altro viaggio. E così per un mese.

9. Vivere nell'oscurità delle pagine di un taccuino non è vivere.

Per quanto mi piacesse la routine di andare al cimitero tutti i giorni, non potevo fissarmi con quel luogo, era arrivato il temuto momento dell'addio, per tornare a recuperare la mia vita poco a poco.

"Ciao Fran, ci ho pensato e … Verrò a trovarti meno spesso. Non mi dimenticherò mai di te, ma ho il dovere di continuare con la mia vita, per me e per te. Per ora resterò da queste parti qualche giorno, poi non so, forse farò tutti quei viaggi che abbiamo sognato, o forse inizierò una nuova attività di affari. È molto difficile senza di te. Mi manchi moltissimo. Magari tu fossi qui per vedere il sole da qui, sta albeggiando ed è bellissimo. Immagino noi due su una spiaggia deserta , a guardare l'alba sulla sabbia, e in questo preciso momento tu prendi la mia mano, mi solevi, mi togli i vestiti e ci buttiamo in acqua.
Voglio che tu sappia che ovunque tu sia ti porterò sempre con me, anche se inizierò a scriverti da un altro luogo, persino quando smetterò di scriverti. Ti amo, per sempre."

Dopo essermi asciugata le lacrime versate per l'addio, mi avvicinai alla sua lapide, misi la mano sinistra sulla sua fotografia, chiusi gli occhi, rivivendo la nostra storia in pochi secondi. Era la seconda volta che mi congedavo da lui, e mi sentivo ancora più vuota della prima volta.

Mi diressi verso Las Ramblas e mi sedetti in una piccola caffetteria, proprio vicino alla vetrina. Vedevo la gente passare, ignara della mia disperazione, di questa rabbia repressa che mi lasciava appena respirare. Ero così assorta in me stessa, che quasi non prestai attenzione al cameriere gentile che mi chiedeva cosa desideravo. Ordinai un macchiato, estrassi dalla borsa il mio piccolo taccuino ed iniziai a descrivere quello che sarebbe stato l'ultimo girono.

"Giorno 31. Oggi siamo stati sulla spiaggia, non in una qualunque, in una spiaggia bella, tranquilla e paradisiaca. Lì insieme abbiamo visto l'alba, mentre facevamo l'amore in acqua. Poi abbiamo camminato e camminato fino ad arrivare a un piccolo chiosco, eravamo gli unici clienti. Abbiamo preso due margarita, di quelli con gli ombrellini, mentre ci godevamo la calma dell'isola, sì amore, ora siamo su un'isola, l'isola del nostro prezioso amore. Domani faremo surf e snorkeling, te lo prometto. Ti amo, per sempre."

Era la prima volta che non scrivevo dalla panchina del cimitero con vista sul mare e sulla città. Era la prima volta che lo amavo stando così lontana. Era la prima volta che mi immergevo in questo bel mondo che gli avevo creato in pubblico.

Non mi ero nemmeno resa conto che, ogni volta che lo facevo, piangevo, e che le persone mi guardavano preoccupate, non sapevano se ero pazza o molto triste. Accanto al caffè il cameriere aveva lasciato una fetta di torta che non avevo ordinato.

«Scusi, ho ordinato solo un caffè.»

Il cameriere mi indicò un ragazzo giovane seduto al banco che mi guardava e sorrideva; vedendosi indicato annuì con la testa in segno di assenso. Mezzo minuto più tardi era seduto al mio tavolo.

«Salve, mi chiamo Hernando» disse, senza smettere di sorridere.

Devo ammettere che era molto bello, con impressionati occhi verdi, ed un sorriso che avrebbe sedotto più di una donna, ma io in quel momento non ero dell'umore giusto.

«Non dici niente?» mi chiese senza smettere di sorridere.

«Cosa vuoi che dica?» risposi freddamente.

«Che ne pensi di iniziare a dirmi il tuo nome?» la sua voce era magnetica, ed in qualunque altra situazione gli avrei parlato, ma in quel momento mi sembrava solo uno dei tanti.

«Sono Adela.» Cedetti con la speranza che mi lasciasse in pace con la mia tristezza.

«Cosa porta una ragazza così bella a venire in una caffetteria zeppa di gente e a mettersi a piangere? Se non sono indiscreto, chiaro.»

«Non credo siano affari tuoi, mi dispiace» mi alzai, pagai il conto al cameriere e me ne andai.

Uscendo dalla caffetteria mi imbattei in folle di turisti, cominciavo a chiedermi quale sarebbe stato il periodo giusto per visitare Barcellona senza che fosse invasa da una moltitudine di turisti, come quella che c'era ora. Attraversai la strada, immersa nei miei pensieri, lontana da tutto ciò che accadeva intorno a me.

Con il cellulare prenotai un volo dopo tre giorni. Chiamai mia madre per dirle che sarei tornata da lì a tre giorni, ma non rispose.

Mentre camminavo, presi una decisione; appena arrivata ad Elche avrei smesso di vedere il mondo come il luogo lugubre e grigio che mi sembrava ora, mi sarei sforzata al massimo per superare la situazione, avrei trovato le forze in qualunque luogo possibile, avrei trasformato il mio ricordo di Fran in qualcosa di bello. Atterrare all'aeroporto sarebbe stato come togliere un cerotto.

Mi addentrai in una zona di Barcellona che non conoscevo, che era poco frequentata. Mi piaceva scoprire posti nuovi. Poco dopo tentai di rifare la strada per tornare all'hotel, ma fu inutile, mi ero persa. E allora mi accorsi che il bel ragazzo della caffetteria mi aveva seguita.

Mi diressi bruscamente dove si trovava.

«Cosa vuoi Fernando?» gli intimai severamente.

«Calmati» rispose con tono conciliante, «volevo solo restituirti questo» mi porse il mio taccuino, dove io avevo tracciato il viaggio che mi avrebbe congedato da Fran. «E mi chiamo Hernando, non Fernando.»

Ero così cieca e assorta in me stessa che mi ero dimenticata l'ultimo pezzo di Fran che mi restava, a parte i suoi ricordi.

Senza sapere perché mi avvicinai a lui più del dovuto e lo abbracciai con forza. Piansi intensamente, incurante di ciò che pensava la gente.

«Tranquilla, non so cosa ti sta succedendo, ma so che tutto passerà.»

«Grazie» gli dissi tra i singhiozzi.

«Vieni, ti rallegrerò la giornata» mi prese per un braccio e quasi mi trascinò fino ad una gelateria. «Quale gusto preferisci?» disse indicandomi i gelati. «Dai, te ne piacerà qualcuno» continuò davanti alla mia indecisione, i suoi occhi erano buoni.

Indicai il gusto al torrone. Mi comprò un gelato e andammo a fare una passeggiata. Non smetteva di parlare. Mi raccontò che era di Castellón, che viveva a Barcellona per lavoro, che era single da due anni e che gli scoiattoli erano il suo animale preferito. A mezzogiorno mi portò in un ristorante pittoresco, uno di quelli che avrebbe fatto venire l'orticaria a Fran. Forse Fran era snob, ma come per la maggior parte dei suoi difetti fino ad allora non ero stata capace di vederlo. Credo che la mia ossessione di stare sempre con lui fosse causata dal suo essere così possessivo e dominatore, o cercavo di impressionarlo per risultare alla sua altezza, tutto questo mi creava ansia. No, non dovevo sporcare il ricordo di Fran. Forse lo vedevo in quel momento perché stavo passeggiando insieme ad uno sconosciuto affascinante, che voleva solo farmi felice, ma aveva dei secondi fini?

«Ti accompagno a casa, dove abiti?»

Per tutto il giorno avevo parlato appena, e naturalmente non gli avevo raccontato nulla di me, né lui mi aveva fatto pressione su questo. A differenza dei giorni precedenti, nei quali non prestavo attenzione agli altri, ascoltai tutto ciò che mi disse. In qualunque altra situazione avrei avuto una piccola o grande storia d'amore con Hernando, ma non in questa. Lui era bello in modo indescrivibile, aveva un corpo definito ed era carismatico. Hernando non assomigliava affatto a Fran né fisicamente né mentalmente.

«Voglio raccontarti una cosa» gli dissi senza molta convinzione, avevo bisogno di sfogarmi.

Ci sedemmo su una panchina e gli raccontai tutta la mia storia con Fran: tutte le nostre risate, le nostre litigate, tutti i nostri baci, i nostri progetti. Gli raccontai come mi aveva delusa che non mi avesse chiesto di andare avanti nella nostra relazione, gli raccontai anche cose intime con non avevo condiviso con nessuno. E facendolo mi tolsi un peso, per me fu come liberarmi, alla fine Hernando era la migliore medicina.

Senza che ce ne rendessimo conto si fece buio. Cominciammo a camminare senza fretta. Entrammo nel primo ristorante che vedemmo. Ora la nostra conversazione era reciproca, non parlavo più di Fran, parlavo di me. Devo ammettere che ero attratta da Hernando, ma non come con Fran. Mi piaceva com'era con me, mi piaceva la sua personalità. Anche se avevo passato la serata a palare di Fran, avevo smesso di pensare a lui, perlomeno, da quel giorno di settembre in cui lo conobbi. Stavo iniziando a voltare pagina, sì, sicuramente ci sarei ricascata tornando alla mia routine a Elche, ma stavo facendo il primo passo, il più difficile. Per poi fare il secondo, e poi il terzo, e così di seguito. Bisogna iniziare dal primo.

Mi accompagnò in hotel. Il mio corpo voleva che Hernando salisse nella mia stanza, ma la mia testa no.

Hernando mi salutò, lasciandomi sola. Avevo molto a cui pensare. E come se mi leggesse nel pensiero, in quel momento Cel mi inviò un messaggio: «Lasciati andare». Cercai Hernando con lo sguardo, stava per attraversare la strada. Mi diressi rapidamente verso di lui, respirando affannosamente. Hernando si voltò.

«Adela ...» prima che potesse dire altro, avvicinai le mie labbra alle sue per baciarlo.

Hernando mi allontanò prima che le nostre labbra si sfiorassero.

«Adela, cosa stai facendo? Mi piaci, ma non sarò il ragazzo con cui dimenticare il tuo ex. Mi dispiace molto per ciò che ti è successo, davvero, ma non mi piaci per quello che pretendi ora.»

«Pensavo lo volessi anche tu. Se mi hai accompagnato fino alla porta dell'hotel ...» dissi, vergognandomi.

«Perché ero preoccupato per te.»

Hernando prese il cellulare che tenevo nella tasca, digitò qualcosa e me lo restituì.

«Ti ho memorizzato il mio numero, se vuoi parlare, ma solo parlare» disse drastico.

Tornai nella mia stanza. Mi vergognavo, ma sentivo anche di aver tradito la memoria di Fran. Non volevo usare Hernando, solo vivere il momento e smettere di dimorare tra le oscure pagine di un taccuino. Alla fine, dopo tanto pensare, arrivai alla conclusione che pretendevo di usarlo, che ero stata una stupida. Per fortuna avevo incontrato Hernando e non un altro uomo.

Chiamai Celeste per raccontarglielo. Non riusciva a crederci. Nemmeno io.

10. Mia amata Elche, mi sei mancata.

Arrivai ad Elche di mattina, ero a casa, mi sentivo a casa. Presi un taxi per andare al mio appartamento. Aprendo la porta, restai immobile a guardarmi intorno per un po', la mia casa mi era sempre sembrata bella, molto femminile, ma in quel momento aveva perso quello splendore che la rendeva un focolare domestico. Mi venne voglia di prendere tutti i mobili e buttarli dalla finestra; ovunque guardassi vedevo Fran, era una brutta sensazione. Disfai la valigia, mi accucciai con le braccia sul viso e gridai in silenzio, singhiozzando.

A mezzogiorno arrivò Cel che era stata nella biblioteca dell'università a studiare per gli esami. Io ero stesa sul divano senza fare assolutamente nulla.

«Adela? Adela! Sei tornata! Non sai quanto sono contenta» sul volto di Cel c'erano lacrime di gioia.

Io non dissi nulla, ero concentrata su me stessa; anche se avevamo parlato per telefono, non l'avevo più vista da quella volta al cimitero. Desideravo poter fare uno sforzo per lasciare indietro il passato, come faceva mia sorella, ma avevo a malapena le forze per reggermi in piedi, così mi limitai ad abbracciarla intensamente, uno di quegli abbracci in cui stringi l'altra persona per troppo tempo, ma ne avevo bisogno, e Cel lo capiva. Restammo così per un bel po', senza separarci, senza parlare ma perdonandoci tutti i battibecchi passati, perché il passato, ormai è passato, e non si può cambiare.

Dopo un po', dopo esserci staccate, fissai il calendario appeso alla parete. Era già luglio, e voleva dire che mi ero completamente dimenticata di fare gli auguri a mia sorella per il suo compleanno, che era stato il primo giugno.

«Perdonami» mi scusai.

«Perché?» chiese Cel senza capire nulla.

«Per aver dimenticato il tuo compleanno.»

«Non importa, in quel momento stavi molto male» mi tranquillizzò mia sorella.

«Però dovevo ricordarmi. Il primo giugno eri ancora a Barcellona.»

«Non ha importanza» minimizzò Cel.

«Certo che ha importanza, da due mesi dicevamo che avremmo fatto una festa per il tuo ventitreesimo compleanno.» Da mesi stavamo pianificando una festa a tema egizio.

«Va bene, questa sera faremo una piccola festa, inviteremo solo papà e mamma. Ma soltanto se ti va» finalmente Cel accettò, e mi sentii meglio.

I miei genitori arrivarono a metà pomeriggio, ed insieme a Cel organizzarono tutto. Più che una festa di compleanno sembrava una cena di benvenuto per me. Papà preparò il suo famoso pesce affumicato, mamma preparò della limonata e Cel decorò la casa con ghirlande di lampadine di diversi colori che aveva comprato quel pomeriggio stesso.

Il mattino seguente mi alzai con un umore migliore, questo era qualcosa che cambiava da un giorno all'altro, ero in piena fase di adattamento. Il mio prossimo progetto era trasformare completamente la mia casa, anche se doveva essere poco a poco, perché il budget era limitato. Presi un paio di fogli e delle matite colorate, e feci uno schizzo di quello che volevo, ci sarebbe voluto del tempo, ma avevo bisogno che la mia casa tornasse ad essere casa mia.

«Cel voglio che tu veda come voglio che sia la nostra casa nel prossimo futuro.»

«Ti riferisci all'eterno progetto di fare un ufficio doppio?» disse Cel senza prestare troppa attenzione, mentre ripassava gli appunti dell'esame del giorno dopo.

«Mi riferisco a tutta la casa» dissi accentuando ogni parola mentre facevo un gesto circolare con le mani.

Cel sollevò lo sguardo, mi vedeva animata.

«Va bene, mostramelo, voglio sapere come sarà» disse con un sorriso, lasciando gli appunti sul tavolo, alzandosi e venendosi verso il divano.

«Cosa te ne sembra?» dissi, sollevando un foglio per mano e mostrandoglieli.

«Che dovresti andare a lezione di disegno» disse con tono scherzoso, io le risposi con uno sguardo arrabbiato per finta. «Credo che vada bene, ma preferisco esprimere un'opinione quando sarà tutto finito. Ne sei sicura? Te lo dico perché dato che vuoi fare un viaggio, ti costerà molto denaro ...» Cel pronunciò queste ultime parole con grande delicatezza.

«Lo so, non ho soldi per entrambe le cose, anzi, non ho soldi nemmeno per una sola, ma non posso vivere qui sentendo la sua presenza.»

Cel mi abbracciò con forza, ormai gli abbracci erano diventati un'abitudine.

«Capisco. Posso aiutarti con la mia parte dell'eredità della nonna.»

Una delle nostre nonne ci aveva lasciato in eredità una importante somma di denaro. Io l'avevo utilizzata per comprarmi l'appartamento, mentre Cel ne conservava la maggior parte.

Il giorno seguente iniziò male: aprendo l'armadio per prendere dei vestiti trovai una camicia di Fran che lui aveva dimenticato. Iniziai di nuovo a piangere di rabbia. Afferrai tutti i vestiti e li buttai sul letto. Trovai altri due capi di Fran che pochi minuti dopo finirono nella spazzatura. Il destino mi stava rendendo le cose difficili, ma non gli avrei permesso di averla vinta.

Dopo gli esami, Cel si impegnò a rallegrarmi l'estate portandomi da una parte all'altra. In luglio il caldo era soffocante, così Cel, insieme a Paula, quasi mi trascinarono in spiaggia. Trascorremmo alcuni giorni sugli Arenales del Sol, facendo il bagno e rosolandoci al sole.

Passò un gruppo di tre ragazzi, dell'età di Celeste, che si fermarono a guardarci, io non me ne accorsi, ma mia sorella sì.

«Credo che parlerò con loro» disse, alzandosi.

«Con chi?» non sapevo a chi si riferiva.

«Con i tre fusti che sono appena passati.»

«Ma non stavi con un ragazzo della tua facoltà?» dissi automaticamente senza pensare.

Cel mi guardò con disapprovazione, avevo appena fatto una cazzata, lei non mi aveva detto nulla, ero io che avevo ficcato il naso nel suo cellulare.

«Devi dirmi qualcosa?» disse Cel con fierezza.

Io rimasi zitta, con espressione colpevole.

«Qualcosa non va ragazze?» intervenne Paula.

«Mia sorella crede che il mio amico gay sia il mio ragazzo» disse Cel seccata.

Feci una faccia stupita. Ora capivo perché nelle conversazioni nel suo cellulare il suo amico dimostrava un interesse così innocente per mia sorella.

Cel si alzò e si diresse verso i tre ragazzi. Erano carini, ma avevano un viso da bambini, o io stavo diventando vecchia. La vedemmo parlare con il più bello, si separarono dagli altri due ragazzi e si allontanarono da soli.

Paula ed io facemmo il bagno a turno, non volevamo subire un furto. In uno dei miei tuffi sentii un fastidio alla gamba. La prima cosa che pensai fu: uno squalo! Era una medusa. Uscii di corsa dall'acqua, molto spaventata.

«Paula una medusa, una medusa!» le urlai.

«Cosa?» chiese Laura sollevando la testa dall'asciugamano su cui era stesa.

«Mi ha punto una medusa! Mi brucia moltissimo, cosa faccio? Chiamo i bagnini?»

«In un film dicevano che la pipì funziona per le punture delle meduse.»

«Vuoi farmi pipì addosso?» la situazione vista dall'esterno era comica.

«Può funzionare» disse Paula, dubbiosa.

«Meglio che cerchiamo i bagnini.»

Paula iniziò a correre in cerca di aiuto. Io mi stesi sull'asciugamano ed aspettai. Arrivò subito un bagnino, che dubitava che io fossi maggiorenne, ed iniziò a pulire la ferita. Ci spiegò che quel giorno aveva curato altre tre persone. Mi diede un antistaminico e un analgesico e se ne andò, dopo che lo ebbi ringraziato mille volte.

Al tramonto, Paula ed io raccogliemmo tutto, Celeste tornò con un'espressione contenta.

«Qualcuno si è divertito» disse Paula sorridendo.

«Non ho intenzione di dire niente.»

«Allora dovremo obbligarti a parlare» dissi divertita.

Paula ed io ci guardammo in silenzio, poi guardammo Celeste.

«No!» protestò Cel.

«O parli o vai a finire in acqua» minacciò Paula.

Cel abbassò lo sguardo sulla mia gamba.

«Ma, cosa ti è successo?» disse, indicando la mia gamba.

«Una medusa» le risposi.

Tornammo a casa. Appena arrivate, feci una doccia e mi spalmai di crema; non solo mi aveva punto una medusa, ma mi ero anche scottata, nonostante tutta la protezione solare che mi ero messa. Ogni volta che mi scottavo giuravo che non sarei più tornata in spiaggia, ma tornavo sempre.

Trascorsi alcuni giorni, andammo a scalare al Parco Avventura di Elche. Dato che era vicino, ci andavo abbastanza spesso; mi rilassava, riuscivo a non pensare a niente mentre completavo il circuito. A Celeste non piaceva la scalata e non mi accompagnava quasi mai.

La sera di quello stesso giorno andammo a vedere decollare ed atterrare aerei all'aeroporto L'Altet. Questa era un'altra delle nostre abitudini di famiglia. Da piccole i nostri genitori in estate ci portavano sempre a vedere gli aerei, giocavamo ad indovinare da dove venivano o dove erano diretti.

Il giorno seguente, che era sabato, andammo a Terra Mitica: papà, mamma, Cel ed io. A me piaceva salire su tutte le attrazioni, come Celeste, meglio se più pericolose.

Salii sulla prima giostra. Scendendo sentii l'adrenalina, mi piaceva questa sensazione. Continuammo a salire sulle giostre senza fermarci, e a mezzogiorno ci unimmo ai nostri genitori, che erano andati a mangiare per conto loro.

Il pomeriggio, mamma dimostrò il proprio talento nella zona dove si ottenevano regali grazie ad astuzia e abilità. Regalò a me e a Cel vari peluches. Naturalmente noi eravamo contente come delle bambine piccole.

Dopo la dimostrazione di mamma, Cel ed io completammo la lista delle attrazioni che ci mancavano. Fu una giornata grandiosa.

Anche se Cel tentava di distrarmi, c'erano momenti in cui una scossa di dolore mi scuoteva fin nel profondo. Cel si impegnava a farmi divertire, a farmi godere del presente, ma il passato pesava troppo per non prestarvi attenzione. Da quando ero tornata ad Elche, ogni notte pensavo a Fran senza averne coscienza, rivivevo ogni momento con lui, ogni sfioramento, ogni carezza, ogni bacio; tutto questo era dentro di me. E nel momento in cui mi sembrava di iniziare a vedere la luce del sole, tornava il buio.

L'avventura successiva che mia sorella aveva preparato per me era un giro in mongolfiera. L'idea mi piaceva, e vedere i Palmerales Rurales di Elche dal cielo doveva essere incredibile. Dall'alto vedemmo delle palme – molte -, le saline di Santa Pola, il Parco Naturale del Hondo ed il resto di questa zona della provincia di Alicante.

Ma non mi stavo divertendo, non smettevo di pensare a quanto sarebbe stato bello condividere questa esperienza con Fran. Lassù mi sentivo libera, come se potessi volare e fossi capace di fare qualunque cosa da sola, e questo mi spaventava, perché per quasi un anno avevo pensato che il mio appoggio sarebbe sempre stato Fran. Ma d'altro canto mi dava forza e mi ricordava la versione di me stessa prima di conoscere Fran, una me stessa che non aveva bisogno di appoggi, né di nessuno per essere felice né per ottenere ciò che mi proponevo.

La sera andammo al cinema all'Aliub. Erano mesi che non ci andavo, che non mi lasciavo trasportare dalla trama di un film. In questo caso il film era molto brutto. Uno di quei film che incassano molto denaro, ma che non ti raccontano una storia; il cui unico proposito è rubarti i soldi. Quando in realtà doveva divertirti, farti provare panico o terrore, nostalgia, tristezza, amore, speranza o qualche altra cosa eccetto la noia che mi fece provare. Nonostante questo, mi godetti l'esperienza di vedere un film al cinema, mangiando popcorn e commentando le scene con mia sorella.

Sentivo che non stavo facendo progressi a sufficienza, mi sentivo in stallo. Ogni volta che chiudevo gli occhi, ero incapace di pensare ad altro che non fosse quella tragica telefonata. Ogni giorno al risveglio, mi proponevo di lasciare indietro il passato e concentrarmi sul presente, ma mi sembrava brutto relegare Fran ad un ricordo, ma prima o poi sarebbe successo inevitabilmente.

11. La migliore festa della storia.

Iniziava agosto, e speravo di poter cominciare a liberarmi dai sentimenti negativi che mi angosciavano. Fran non c'era più e dovevo imparare a vivere senza di lui.

Anche se era trascorso del tempo, e mi sentivo meglio, ricaddi nella mia malinconia, non potevo evitarlo. Cel mi distraeva, ma ora che tutto tornava ad essere come prima di conoscere Fran, sentivo che mi mancava qualcosa.

Cel stava insieme al ragazzo che aveva conosciuto in spiaggia. Secondo lei non era niente di serio, solo divertimento.

Stavo seduta davanti alla finestra del salotto senza sapere cosa fare, mentre Cel mi raccontava le avventure con il suo amico.

«Dovevi vedere le dimensioni del suo pene, era enorme!»

«Cel ...»

«E la cosa migliore era come lo maneggiava.»

«Cel so che stai tentando di farmi coraggio, ma non mi aiuti» dissi come una supplica, non mi interessava affatto il membro del nuovo amico di mia sorella.

Continuavo a stare seduta davanti alla finestra, una gamba piegata e l'altra stesa, la testa appoggiata su una mano, con lo sguardo perso nella strada, come in attesa che Fran comparisse da un momento all'altro. Provavo tanto dolore! Anche se passava il tempo, lui non sarebbe tornato, lo avevo già capito, ma non per questo mi faceva meno male.

Mia madre telefonò a mezzogiorno. Dopo due chiamate perse sul mio cellulare, il telefono di Celeste iniziò a squillare. Celeste rispose prima del secondo squillo, e secondo la mia sorellina parlarono di questo:

«Ciao mamma» disse Celeste con tono vivace.

«Ciao tesoro, tua sorella non mi risponde al telefono, sta bene?»

«Sta come sempre …»

«Dovrebbe iniziare ad uscire con qualche ragazzo, il figlio di Amparo …»

«Mamma» la interruppe Celeste «non credo che ora abbia bisogno di questo, non è passato molto tempo.»

«Ma davvero quel ragazzo è un tesoro. Ha trentuno anni, un buon lavoro, è un bravo ragazzo, bello. Io credo che potrebbe piacerle. Non dico che se lo sposi, solo che lo conosca, per lo meno che gli dia un'occhiata in Facebook.»

«Mamma non credo che voglia appuntamenti con nessuno.»

«Non è un appuntamento, è una festa che ho organizzato a casa per domenica dove ci sarà Javier, e ovviamente voglio che veniate.»

«Quindi si chiama Javi, come il suo ex» pensò Celeste.

«Sì, sì, ora ti mando in WhatsApp il nome completo e lo cerchi. Un bacio tesoro e non mancate domenica, ho molta voglia di vedervi.»

«Vedremo.»

«Non vedremo, dovete venire. Non ti va?»

«Non lo dico per me, è per lei.»

«Tu convincila, dille che è un pranzo di famiglia.»

«Non le dirò una bugia.»

«Non mentirle, dille che verranno anche alcuni amici, che ci divertiremo.»

«Ci proverò, ciao mamma.»

Dopo aver chiuso la telefonata, Cel si avvicinò a me, si sedette, mi accarezzò una gamba e mi guardò pensando a ciò che doveva dirmi.

«Che succede?» la anticipai.

«Niente, solo che …»

«Sì?»

«Mamma vuole che domenica andiamo a mangiare a casa» disse Cel, con grande cautela.

«Ma va bene, perché fai quella faccia?»

Strinsi le labbra e mi alzai.

«Adesso non voglio farlo, non voglio conoscere nessuno, prima devo fare il viaggio» dissi alterata.

«E se non riuscirai a farlo per molto tempo?»

«Non è male essere single, perché siete tutti così ossessionati dall'incontrare un partner? Quando siete single vi lamentate sempre di esserlo! E poi non state mai del tutto bene con la vostra metà. So di aver avuto molta fortuna con Fran, e non ho intenzione di sostituirlo con il primo ragazzo che mi presentano» dissi con fermezza.

In quel momento il cellulare di Cel squillò, mia madre le aveva mandato il nome del ragazzo per stalkerarlo, io non lo sapevo. Mia sorella diede un'occhiata al suo profilo, ma non mi disse nulla perché non voleva che avessi dei pregiudizi a causa del suo aspetto fisico.

La casa dei miei genitori è una bella casa di campagna, con un grande giardino nella parte anteriore. Quando io ero piccola vivevamo in un piccolo appartamento in centro ad Elche, ma con la nascita di Cel si rivelò troppo piccolo, e quindi i miei genitori decisero di comprare una casa in campagna da ristrutturare in un enorme terreno. La casa è situata in una zona poco abitata molto vicina alla città con il fiume Vinalopò quasi attaccato. Con il passare degli anni i miei genitori erano riusciti a restaurare la casa fino a renderla adorabile; aveva un aspetto chiaramente femminile, il che era normale tenendo conto che eravamo tre donne ed un uomo. Il giardino è immenso, sembra non avere fine, è quasi tutto coperto di prato, accanto alla ringhiera ci sono numerosi alberi alti che danno più privacy alla casa e fanno le veci di una seconda barriera; ci sono molti altri alberi di specie diverse in tutto il giardino. A sinistra, accanto al portico, c'è un piccolo sentiero di pietre che conduce ad una pergola piena di rampicanti e circondata da alte siepi, dove facevamo delle feste.

Abbiamo anche tre fontane di diverse dimensioni distribuite in tutto il giardino, oltre ad altri elementi decorativi.

Arrivò la domenica mattina, ed io non mi ricordavo del *pranzo in famiglia*, o dovrei dire *l'indesiderato appuntamento con il figlio dell'amica di mia madre*, così indossai la tuta e uscii a correre. Non mi piaceva molto andare a correre dopo quello che era successo, ma avevo bisogno di sfogare la tensione. Senza sapere come, mi fermai davanti alla casa di Fran. Cercai di mantenere la calma e non iniziare a piangere, respirai profondamente, vidi una donna con una borsa piena di verdure e mi ricordai che quello era giorno di mercato allo stadio di calcio di Elche. Feci una breve passeggiata da quelle parti, ma faceva troppo caldo e non avevo voglia di fermarmi. Tornai a casa di corsa.

Entrando in casa, Celeste molto alterata mi gridò:«Si può sapere dov'eri?». Io non capivo nulla. Cel mi mostrava il suo orologio da polso, e pensai : "le persone continuano ad indossare l'orologio anche se hanno il cellulare? Per un evento importante come un matrimonio o un concerto di pianoforte va bene, ma normalmente? Davvero Cel? Mi sorprendi."

Dopo una brevissima spiegazione, corsi sotto la doccia e mi vestii con, letteralmente, la prima cosa che trovai nell'armadio.

«Non penserai di venire così?» disse mia sorella con uno sguardo di disapprovazione, stava scherzando? Non stavo tanto male.

«Vado bene.»

«Non vuoi fare una buona impressione a Javier?» Celeste rise; sì, stava scherzando.

Mi fece cambiare e indossare un vestito bianco con delle decorazioni in vita. Mi sentivo come se stessi andando ad una festa a Ibiza.

Arrivammo tardi, davvero abbastanza tardi. Cel guidava la mia auto troppo veloce ed io avevo paura che le facessero una multa che poi sarebbe arrivata a mio nome. Parcheggiammo nel posteggio che era dietro la casa, mentre mia madre usciva correndo verso di noi, ripetendo la classica frase che Cel mi aveva detto poco prima, e ci abbracciava con affetto. Cel estrasse dal bagagliaio la torta che avevamo comprato il pomeriggio precedente, era un po' rovinata dalla guida *quasi* temeraria di Cel.

Entrammo in casa, io salii nella mia vecchia stanza, mi buttai sul letto, chiusi gli occhi ed espressi un desiderio. Era un trucco che mi aveva insegnato mio nonno da piccola. Poi aprii gli occhi e guardai dalla finestra per cercare di schiarirmi le idee, era rivolta a sud e dava sul fiume, c'era un piccolo balcone da cui si vedeva la città in lontananza. Fran era stato solo una volta in questa casa, la Vigilia di Natale, quando i miei genitori lo invitarono a cena. Magari lo avessi portato qui più spesso, i miei genitori non erano riusciti a conoscerlo bene, avevano sempre pensato che

Fran fosse un playboy; questa era la prima impressione che dava, per questo devi sempre raschiare un po', e non limitarti alla superficie.

Mia madre mi presentò il figlio di Amparo, davvero pensava che mi sarebbe piaciuto quell'… *Uomo?* Suppongo che fosse affascinante, altrimenti non capivo perché pensava che potesse piacermi, perché fisicamente non mi attraeva per niente. Era piccoletto, più basso di me che sono alta uno e settantacinque; aveva pochi capelli, il viso rotondetto con le guance rosse, gli occhi sporgenti, dimostrava più anni di mio padre e si vestiva come se avesse superato i settanta. Non volevo essere precipitosa o superficiale, ma in generale, il suo aspetto mi ripugnava un po'. Quando mi diede due baci notai una puzza di sudore abbastanza ripugnante, in automatico guardai le sue ascelle, sì, sembrava Camacho al Mondiale di calcio di Corea e Giappone, che anche se non mi piace il calcio mi è rimasto in mente. Entrai in casa, avevo bisogno di riprendermi. Senza sapere perché, mi misi a ridere ricordando l'aspetto di Javier. Mio padre entrò dopo di me.

«Non so cosa pensa tua madre presentandoti questo ragazzo» disse mio padre, che vedendomi scoppiò a ridere.

«Che vi succede?» disse mia madre che comparve di sorpresa con una faccia sospettosa.

Nessuno dei due disse nulla, mi sarebbe piaciuto trovare un altro argomento per far finta di niente, ma non riuscivo a smettere di ridere.

Mia madre si avvicinò a me e mi disse con complicità:

«Vero che è bello?»

Io risposi con una sonora risata, mia madre non poteva essere così cieca, no, era impossibile.

«Non so perché ridi. Sua madre dice che guadagna un sacco di soldi.»

Ecco la base del discorso, il quid della questione, il denaro. Deduzione: mia madre vuole che io esca con lui perché mi dia sicurezza economica.

Uscii in giardino, Cel era particolarmente bella quel giorno, si era arricciata i capelli e indossava un vestito azzurro; naturalmente aveva già abbandonato la fase in cui si vestiva mischiando abiti gotici, rock e casual. Aveva anche lasciato perdere tutti i piercing eccetto quelli alle orecchie. Tutto questo aveva ceduto il passo alla sua versione principessa Disney; se Cel fosse stata più voluttuosa sarebbe stata identica a Blake Lively, assomigliava molto all'attrice.

Javier e il suo odore di sudore si avvicinarono a me, aveva una sigaretta nella mano sinistra, quindi fumava; odiavo e odio i fumatori, altro punto negativo per lui.

Mi raccontò quanto era *affascinante* il suo lavoro, a quanto pare era titolare di una fabbrica di cartone. Da come lo raccontava dava la sensazione che il suo lavoro fosse piacevole come stare disteso su una spiaggia caraibica tutto il giorno.

Mia sorella si avvicinò per salvarmi.

«Allora? Come ti sembra? Io credo che Shrek sia più bello.»

«La cosa peggiore non è il suo fisico, se fosse piacevole potrei uscire con lui, ma è … È … Non so come definirlo, come uscito da un'altra epoca.»

«Alla mamma piace molto. Ha detto ad Amparo che sareste una bella coppia» mia sorella fece la spia.

«Cosa?» chiesi attonita.

«È triste perché ti vede depressa e crede che Javier possa essere la soluzione.»

Tutti gli invitati si sedettero al tavolo sotto la pergola. Mamma e papà avevano decorato tutto, la pergola era piena di lampadine colorate e accanto alla siepe avevano piantato delle rose con boccioli bianchi. Javier e il suo odore si sedettero alla mia destra, a sinistra avevo Celeste. Ogni volta che Javier allungava il braccio sinistro per prendere qualcosa – era mancino -, a parte far vedere la macchia di sudore, l'odore era più intenso e una volta mi provocò persino un conato.

Uno dei momenti migliori del pranzo fu quando Javier illustrò a tutti l'uso corretto delle posate. Fece una dimostrazione su come si dovevano aprire correttamente i gamberoni con coltello e forchetta. Evidentemente era anche *professore di bon ton.*

Come dessert, mamma aveva preparato un dolce, inventato da lei anni prima, che era una pasta ripiena di crema e cioccolato, aromatizzata con vaniglia o fragola, che poi decorava con bastoncini di zucchero colorati.

Papà portò in tavola la torta, un po'sciolta, che avevamo comprato io e Cel, e Javier fece una faccia schifata.

«Qualcuno pensa di mangiare questa?» disse indicando la torta, mentre Cel lo fulminava con gli occhi.

Non so da dove gli veniva un commento così dispregiativo. Poi, davanti allo sguardo attonito della maggior parte dei presenti si alzò, si avvicinò alla torta e passò il dito indice sul lato del dolce, per poi succhiarlo sospirando di piacere. Cel ed io ci guardammo schifate, e ovviamente non assaggiammo la torta, alludendo al fatto che i dolci di mamma ci avevano riempite.

Dopo il pranzo, mi alzai per andare in bagno. Javier mi seguì.

«Ti stai divertendo?» mi chiese Javier con uno sguardo da seduttore .

«Molto, grazie. E tu?» gli risposi, anche se in realtà avrei dovuto dirgli: *«Mi divertirei di più se tu non ci fossi»*, ma sarei stata troppo scortese, più nello stile di Cel.

«Ti va di uscire a cena?» diretto al punto, almeno era deciso.

«Ho già un appuntamento» mentii.

«Domani?»

«Non posso» dissi secca e continuai a camminare.

«Aspetta» mi trattenne per un braccio, gli sudavano le mani, «segnati il mio numero e usciamo quando va meglio per te.»

«Lo chiedo a mia madre, che ce l'ha sicuramente» chiaramente non glielo chiesi.

Javier era una barzelletta, risultava istrionico.

Quando me ne andai dalla festa e mi diressi verso l'auto, mio padre si avvicinò di soppiatto, come se volesse farmi una sorpresa o spaventarmi.

«Ho qualcosa per te, è un assegno con la somma che Celeste ha calcolato ti costerà ristrutturare il tuo appartamento, così ti mancherà meno denaro per il viaggio» gli occhi mi si riempirono di lacrime, la mia famiglia era meravigliosa.

«Papà non posso accettarlo, sono molti soldi.»

«Adela, non succede niente, ne abbiamo già parlato noi tre e ci sembra la cosa giusta.»

«Voi tre? Mamma mia siete tremendi» dissi mentre ridevo e piangevo allo stesso tempo, mio padre si avvicinò e mi abbracciò. «Te li restituirò. Grazie.»

12. Luci nel cielo.

Ormai era ora di iniziare una nuova relazione di amore incondizionato, sincera, pura e di mutua fiducia, così decisi di adottare una gatta. Mia madre mi aveva detto che la gatta di un suo vicino aveva partorito e che non poteva farsi carico dei cuccioli. Mi alzai presto e andai a piedi a casa del vicino. Ero entusiasta, come un bambino la notte della Befana.

Appena la vidi seppi che era lei, la mia compagna fedele ed inseparabile. Mi chinai per accarezzarla, lei si avvicinò e mi leccò la mano.

«Voglio lei» dissi al padrone indicando la gatta.

Poco dopo ero di ritorno verso casa con la mia nuova amica. Decisi di chiamarla Lila, era completamente bianca e davvero bellissima.

Decisi di tornare al lavoro dopo una chiamata di Werry. Era la prima volta che parlavamo dal funerale. Lui aveva sempre rispettato il mio spazio, ma in quel momento al lavoro avevano un'urgenza: gran parte del personale era in vacanza ed era arrivato un ordine importante per il mercato indiano, per cui erano a corto di personale. Avevano bisogno di me quel pomeriggio stesso.

Entrando in ufficio vidi tutto diverso, come più cupo. Mi sedetti alla mia scrivania e lavorai con tutto quello che Werry mi aveva lasciato sul tavolo.

All'improvviso mi sentii come un automa, il mio lavoro, che prima mi faceva sentire speciale, non mi appassionava più. E c'era un altro problema: tutto mi ricordava Fran.

Entrai nel suo ufficio con timore, non avevano toccato nulla, era tutto uguale eccetto per lo strato di polvere che ricopriva tutta la stanza. Ricordai come gli piaceva lavorare, con la persiana abbassata della grande finestra che dava sulla strada, abbassate anche le persiane della parete di cristallo che davano sul resto dell'ufficio ed una piccola lampada da tavolo accesa; diceva che così poteva concentrarsi e che nulla lo distraeva. Ricordai le volte che avevamo fatto l'amore in questa stanza. Dovetti uscire, non riuscivo a sopportare il dolore.

Entrai nell'ufficio di Werry precipitosamente senza bussare, era in riunione.

«Mi dispiace» mi scusai.

«Non preoccuparti. Abbiamo già finito.»

I due uomini che erano con Werry uscirono dall'ufficio, uno di loro mi guardò dall'alto in basso senza vergogna.

«Dimmi» disse Werry, togliendosi gli occhiali per sfregarsi gli occhi.

«Wery, questo è troppo per me, non posso sopportarlo» iniziai a tremare, Werry si alzò e mi abbracciò.

«Tranquilla tesoro.»

«Mi dispiace piantarvi in asso, ma non credo di poter tornare a lavorare qui.»

«Non devi scusarti, la colpa è mia che ti ho forzata a tornare» Werry si grattò la barba bionda di due giorni. «L'altro giorno in spiaggia ti ho vista così bene che pensavo non ti sarebbe costato tanto, ma senza dubbio sono stato uno stupido. Non ti ho detto nulla perché ho visto che ti stavi divertendo con le tue amiche e non volevo disturbare.»

«Tu non disturbi mai. E non dire che è colpa tua.»

«Certo, non ho mai avuto una relazione seria, non ho idea di che cos'è l'amore, ma non perdo la speranza» sorridemmo entrambi.

«Werry perlomeno restiamo in contatto, anche se non lavoreremo più insieme.»

«Naturalmente! Devi presentarmi ai tuoi fidanzati così posso fargli la radiografia!» Werry si mise a ridere.

Appena uscii dall'ufficio fu come togliermi un peso di dosso. Avevo preso una decisione; avrei fatto il viaggio prima possibile utilizzando il denaro che mi aveva prestato mio padre per il restauro. Pensavo di iniziare quello stesso mese, non c'era più marcia indietro, né scuse, né paure, solo la speranza di svegliarmi un giorno e ricordare con gioia i giorni che non ci appartenevano più.

Arrivai a casa e Cel mi guardò con un'espressione interrogativa.

«Ho lasciato il lavoro, non posso continuare ad andare nel posto dove mi sono innamorata di lui.»

Quella sera era la Festa di Elche. Cel ed io andammo a cena in centro. Dopo cena, alla Barraca Municipal ad ascoltare musica e ballare. Ci attendevano alcuni giorni di divertimento.

Tornando a casa, a notte fonda, Lila mi aspettava spaventata. La presi in braccio, le diedi dei baci che rifiutò e me la portai a letto.

I giorni seguenti trascorsero tra sfilate di Mori e Cristiani, la parata della banda musicale, la Nit de la Roà, notti pazze nella Barraca Minucipal, giorni interminabili in spiaggia, e naturalmente, la notte infinita più magica di tutte: la Nit de l'Alba (13 agosto).

Per la notte della Nit de l'Alba, la notte in cui la città si illumina, cenammo presto per poter prendere un buon posto da dove goderci lo spettacolo pirotecnico sul ponte del Bimil Ienari. A cena, a casa dei miei genitori, mia madre mi torturò con domande su Javier. A mia sorella venne in mente di buttare lì il nome di Hernando con l'intenzione di aiutarmi, ma no, non fu di aiuto, anzi fece l'effetto contrario. Da un lato, mia madre voleva indagare su tale Hernando, dall'altro, le dava fastidio che mi piacesse un altro diverso da Javier; mia madre non sapeva che avevo conosciuto Hernando prima e che lo avevo visto solo una volta. In quel momento Hernando era solo un nome in più nella mia agenda.

Come sempre, iniziai a pensare a tutte le volte che avevo parlato a Fran di quella notte, e a quanto gli sarebbe piaciuto vederla con me, e mi rattristai.

Dopo aver trovato un buon posto, aspettammo pazientemente l'inizio dei fuochi d'artificio. Cel mi prese la mano e mi guardò in silenzio. Le sorrisi senza dire nulla. Mi piacevano questi momenti di complicità.

Alla fine della Nit de l'Alba, non poteva mancare l'anguria. Mia madre ne aveva portata abbastanza per *metà* Elche.

I giorni 14 e 15 agosto, Cel ed io andammo a vedere il Misteri d'Elx con i nostri nonni, che volevano condividere con noi quella esperienza.

Il giorno 15, la sera, uscii a cena con Paula, che ora era single.

«La tua avventura è finita?»

«Credo di essermi sbagliata. Magari potessi tornare con il mio primo ex» disse Paula pentita. È curioso: cediamo alla tentazione di provare ciò che non abbiamo: pur sapendo che se lo facciamo perderemo quello che ci interessa in quel momento, eppure lo facciamo.»

Dopo la cena, Paula se ne andò ed io restai ad aspettare Cel. Dovevamo scendere la riva del fiume per vedere il castello di fuochi artificiali lanciato dal Ponte della Ferrovia, e che metteva fine alle feste di Elche.

Mentre aspettavo, iniziai a guardare le foto del profilo whatsapp dei miei contatti. Papà aveva una foto adorabile con la figlia di mia cugina, mamma una foto sul Fiume Safari, Laura aveva una foto in posa in bikini, Paula una foto con il suo yorkshire, Werry aveva una foto con un uomo muscoloso, e

Cel una foto in cui eravamo insieme sorridenti. Tra gli altri contatti, solo uno attirò la mia attenzione: Hernando. Aveva una foto steso su un asciugamano sulla spiaggia con lo sfondo del mare. Non potei evitare di ricordare la vergogna provata in quell'ultimo istante insieme. Mi chiedevo se era ancora single. Iniziai ad inviargli dei messaggi via whatsapp:

«Ciao! Come stai? Come va l'estate?»

Niente, non rispondeva. Quasi meglio così. Guardai circa venti volte se aveva letto il mio messaggio, finché comparve mia sorella. Ma che cosa stava facendo?

Scendemmo fino alla riva del fiume, che era già abbastanza piena, e ci sedemmo dove possibile.

«Sta succedendo qualcosa?» mi chiese mia sorella.

La verità è che ero un po'nervosa a causa di Hernando.

«No, niente» Cel lasciò perdere, ma non mi credette.

«Non indovini chi ho visto?» disse Cel dopo una pausa.

«Non ne ho idea, dammi un indizio.»

«Appartiene al sesso maschile» Cel mi diede il primo indizio.

«Paco» risposi, tanto per dire.

«No» scosse la testa.

«É della nostra famiglia?»

«Potrebbe esserlo» disse Cel con un sorrisetto, facendomi confondere.

«Il tuo nuovo fidanzato?»

«Non è il mio fidanzato, lui sì l'ho visto, abbiamo cenato insieme. Ma non è lui.»

Non sapevo di chi stava parlando, nemmeno perché insisteva tanto. L'unica cosa a cui pensavo era se Hernando rispondeva oppure no.

«Il fidanzato di una delle nostre cugine?»

«No Adela, e dato che vedo che non indovini te lo dirò. Ho visto il mio possibile cognato indesiderato: Javier.»

«Javier? Il figlio di Amparo?» dissi, senza troppa importanza.

«In persona. Per favore non metterti con lui.» mi supplicò Cel.

«Tranquilla, non mi piace. Aveva le ascelle sudate?» le sue ascelle mi avevano tormentato per tutto il pranzo.

«Era buio, ma credo di sì» disse con faccia schifata.

Iniziarono i fuochi artificiali. La pirotecnia in generale mi faceva paura, proprio il contrario di Cel, ma da lontano mi piaceva vedere come il cielo si riempiva di colori.

Era la fine dei giorni di festa, ma per me non era una fine né un inizio, ristagnavo nella mia vita, non sapevo come andare avanti.

13. Il postino non porta sempre brutte notizie.

Mia madre continuava ad essere molto preoccupata per me. Da quando Fran era morto mi chiamava minimo due volte al giorno. La maggior parte delle volte eludevo le chiamate. Dover dire a tua madre che ti senti bene quando in realtà ti senti una merda non era piacevole. Quel giorno mi chiamò con la scusa che la accompagnassi al supermercato per vedermi, e dato che mi servivano alcune cose accettai.

Ero con mia madre al supermercato. Le luci fluorescenti e la musica lenta mi facevano addormentare. Mia madre mi raccontava le ultime imprese di Javier. Che pesantezza questo Javier! Per quanto insistesse non riusciva a farmelo piacere.

«Sai che si è comprato una barca?» disse mia madre come se fosse la cosa più normale del mondo.

«No, mamma» dissi con astio.

«Forse Javier non è così bello come Fran, ma è davvero una brava persona.»

Dove mia madre vedeva una brava persona, io vedevo un uomo a metà, fanfarone, poco interessante, presuntuoso ed egocentrico, per non parlare del suo aspetto con la forfora che già di per sé mi provocava un senso di rifiuto.

«Vado in bagno, mamma»

Non avevo molta voglia di fare pipì, ma mia madre mi stava facendo *una testa come una grancassa.* Merda, merda, merda! Mi ero fatta la pipì nei pantaloni, e ovvio, in agosto non portavo la giacca per nasconderlo. Cercai di asciugarmi con la carta igienica. Mia madre bussò forte alla porta.

«Stai bene?»

«Perfettamente.» Perfettamente macchiata di pipì.

Uscii a testa alta e con il migliore dei miei sorrisi, volevo solo andare a casa a cambiarmi i pantaloni. Ma mia madre mi aveva riservato una sorpresa: Javier. Sì, il puzzolente Javier. Mia madre non voleva che la accompagnassi a fare la spesa per distrarmi, era una trappola.

«Che coincidenza!» esclamò mia madre con un tono falso.

Desideravo che mia sorella, che non stava mai zitta, fosse lì e le dicesse tutto quello che pensava. La situazione era imbarazzante, io con i pantaloni bagnati e Javier a dire cazzate.

«Quando vuoi ti faccio fare un giro sulla mia barca» disse insistendo su *mia* per chiarire che la barca era sua. «Ti piace navigare? Ti va bene questo venerdì?» Javier si mise le mani sui fianchi, lasciando intravedere le ascelle umide.

«Non mi piacciono le barche, soffro il mal di mare.»

«Poverina, da piccola stava sempre male quando in estate andavamo a Tabarca» aggiunse mia madre.

«Vado a mangiare con alcuni amici in un nuovo locale, vieni?» Javier non si arrendeva.

«Ho già un impegno, sarà per un'altra volta» dissi e mi diressi alla corsia della pasta.

«Ma Adela … Scusala, sta ancora superando il lutto» la sentii dire.

Superando? Mi stavo stancando delle persone che mi trattavano come se fossi una bambina indifesa. Io non ero debole, mi sentivo debole; non era la stessa cosa. Mi metteva di malumore sentire la gente bisbigliare e guardarmi con compassione. Non si rendevano conto che, anche se evidentemente ero triste, continuavo a vedere e udire?

Javier se ne andò senza comprare nulla, perché ovviamente, non era lì per fare acquisti.

Mia madre si avvicinò a me.

«Ma, cosa ti succede? Perché sei stata tanto stupida? Amparo mi ha detto che gli vanno dietro molte ragazze.»

«Permettimi di dubitarne. Quell'uomo si crede un sapientone, è presuntuoso e fanfarone. Inoltre, non è per niente attraente, ma potrebbe essere passabile se avesse un'altra personalità, ma non ce l'ha.

«Da quando sei così superficiale?» mia madre non capiva che il fisico era il minore dei difetti di Javier.

«Quale fu la prima cosa che ti colpì di papà?» Mia madre non rispose.

Mio padre era bellissimo. Cel ed io gli assomigliavamo, soprattutto Cel. Mio padre ci raccontava sempre, con tono divertente, come da giovane mia madre lo seguiva ovunque per vederlo. Ora sembrava che volesse fare lo stesso con me.

Tornai a casa a cambiarmi. Mi ero messa d'accordo con Paula e Celeste per andare fuori a mangiare. Andavamo a mangiare crostacei a Santa Pola, e ovviamente, sarei arrivata tardi, ormai mi stavo abituando.

Prima che uscissi, suonarono il campanello. Era il postino, un uomo di bassa statura e tarchiato, molto simpatico, lo avevo già visto altre volte.

Il postino mi consegnò una raccomandata proveniente da Barcellona. Non c'era nessun altro posto al mondo? Mi sedetti sul divano con la lettera in mano, e senza sapere esattamente perché, iniziai a singhiozzare forte. Pensavo a Fran, a tutto quello che c'era stato tra noi. Mi sentivo lacerata dentro, questo dolore non voleva andarsene, ed io mi aggrappavo ad esso perché pensavo fosse l'unica cosa che mi restava di lui. Un po' alla volta mi calmai. Aprii la lettera con timore.

Dovetti leggerla quattro volte per credere a cosa c'era scritto. La prima volta non capii nulla. La seconda pensai che si trattasse di uno scherzo di cattivo gusto. Con la terza intravidi l'amore per l'uomo che tanto avevo amato. Alla quarta lettura tutto mi fu chiaro.

Evidentemente Fran era ricco, immensamente ricco, più di quanto immaginavo, e mi aveva lasciato parte di questa fortuna. Nella lettera spiegavano tutto. Mi informavano anche che la famiglia di Fran ne era al corrente ed approvava.

C'era una seconda lettera scritta a mano. Era della madre di Fran. Mi ringraziava per aver reso felice suo figlio, le dispiaceva di non aver potuto conoscermi in altre circostanze e mi invitava ad accettare il denaro, per rispetto alla memoria di Fran.

Ero molto nervosa, tremavo, e non sapevo cosa fare. Il telefono non smetteva di vibrare. Celeste mi aveva chiamato cinque volte. Alla sesta chiamata le mandai un messaggio. In quello stato non riuscivo a parlare.

Per la strada verso Santa Pola, con il finestrino abbassato, assimilai il contenuto di quella lettera. Ero ricca, molto ricca. Ora dovevo guadagnarmelo. Prima di arrivare a Santa Pola mi fermai a lato della strada, scesi dall'auto e gridai. Avevo bisogno di sfogare tutta questa rabbia repressa che avevo dentro. Fran continuava a regalarmi sorrisi nonostante tutto. Grazie Fran.

14. Ballando sotto la pioggia.

Mi trovavo di nuovo all'aeroporto di Elche, questa volta stavo per intraprendere un viaggio di addio, e non lo facevo completamente sola, mi accompagnava Lila.

Il giorno prima ero andata dal parrucchiere. Avevo cambiato la mia lunga chioma castano scura, che tanto piaceva a Fran, con un taglio simmetrico all'altezza del collo. Dovevo liberarmi dal dolore poco a poco.

Non avevo molti bagagli perché non volevo viaggiare troppo carica, una valigia grande con l'indispensabile ed una borsa grande erano più che sufficienti. Ovviamente avevo vestiti per qualunque emisfero.

La prima destinazione fu un luogo di cui Fran mi aveva sempre parlato. Mi aveva sempre detto che voleva portarmi là perché era uno dei suoi posti preferiti nel mondo. Mi aveva anche detto che non ci aveva mai portato una ragazza perché per lui quel luogo era quasi sacro, e se ci portava una donna doveva essere speciale. Ammetto che quando me lo disse pensai che stesse mentendo e che era qualcosa che diceva per lusingare le donne, ma era uno dei luoghi che desideravo visitare con Fran. Ora lo avrei fatto con il suo ricordo.

Atterrai a Bali che stava facendo buio. Un cartello con il mio nome mi aspettava accanto ad un uomo abbronzato con un sorriso allegro. L'uomo mi fece salire in auto. Durante il tragitto vidi una quantità di palme, mi sentivo a casa. Finalmente arrivai alla mia destinazione, il resort Ayung en Ubud, che era in mezzo alla natura. L'uomo gentile portò la valigia fino alla mia villa, mentre io mi dirigevo con Lila alla reception.

La villa in cui alloggiavo era spettacolare, la parte migliore era la piscina privata e la vasca da bagno. Il panorama era impressionante, ovunque guardassi vedevo solo verde, bastava allungare il braccio da qualunque finestra o dalla piscina per toccare le palme.

Appena entrata, per prima cosa esplorai ogni angolo con attenzione, cercando di memorizzare ogni luogo, ogni piccolo dettaglio, mentre ballavo da sola ogni volta che mi muovevo; ero felice, sentivo che Fran era con me. Saltai sul letto e mi stesi per qualche istante, finché Lila salì sul letto ed iniziò a leccarmi il viso. Era impressionante l'amore che gli animali possono arrivare a dare.

Quando ero piccola i cani mi facevano paura, invece a Cel piacevano molto. Io non capivo come poteva amarli tanto, anche se era la prima volta che li vedeva, ma ora che passavo del tempo con Lila lo capivo, magari non avessi permesso alle mie paure di durare tanto tempo.

Dopo cena, ero così stanca per il viaggio in aereo, che l'unica cosa che volevo era dormire, ma l'idea di fare il bagno in piscina alla luce delle stelle era troppo seducente per lasciarmela scappare.

Indossai un bikini e mi immersi nell'acqua, che era fredda. Dovevo godermela e rilassarmi, non per me, per noi due, per l'amore che avevo per lui e che avremmo potuto avere in futuro.

Quando uscii dall'acqua cercai la macchina fotografica che Cel mi aveva regalato per il viaggio, volevo immortalare quel paesaggio notturno.

«Merda!» esclamai ad alta voce.

Avevo dimenticato a casa la macchina. Primo contrattempo del viaggio. Per fortuna avevo il cellulare, non avevo bisogno della macchina fotografica. In quel momento ricevetti un messaggio whatsapp da Cel:

«Hai lasciato a casa la macchina fotografica che ti ho regalato» sì, me ne ero accorta.

Dopo aver fotografato il paesaggio e l'interno della villa andai a letto. Prima di addormentarmi sentii come qualcuno che veniva a letto con me. Era Lila; anche se aveva un lettino tutto suo, preferiva dormire con me, e anch'io con lei, a dire la verità. Lila mi aiutava moltissimo nel mio recupero, mi faceva sorridere ogni volta che la vedevo.

Prima dell'alba ero già in piedi. In una delle mie lettere a Fran, gli dicevo che guardavamo l'alba dalla spiaggia, e così feci. Lasciai Lila nella stanza con cibo e acqua sufficienti per la giornata e me ne andai, non senza prima prenderla in braccio e accarezzarla. Lila era arrabbiata, sapeva che quando facevo così poi stavo molto tempo senza vederla.

L'uomo gentile del giorno prima mi aspettava sulla porta. Fu lui a portarmi fino alla spiaggia di Lovina a Pemuteran, nel nord dell'isola. Arrivata, mi sedetti ad aspettare. Il cellulare segnalò la notifica di un messaggio in arrivo, ma non gli prestai attenzione, in quel momento.non volevo che nulla mi distraesse.

Quando sorse l'alba era come se fossimo insieme. Mi mancava molto. Ricordavo il momento in cui scrivevo al cimitero, allora non sapevo se avrei potuto realizzare tutto questo, e nemmeno la piacevole sorpresa che Fran mi aveva preparato.

Dopo l'alba, dovevo continuare a mantenere le promesse; gli avevo promesso di fare snorkeling. Mi avevano sempre affascinato i musei sottomarini e avevo sempre voluto vistarne uno, ora mi trovavo nel posto giusto, lì si trovava il Giardino del Tempio, un paradiso sott'acqua. Lì mi meravigliai di ognuna delle sorprese che incontravo.

Tornata in superficie, avevo una voglia immensa di raccontare tutto a Cel. Senza badare alle sette ore di differenza di fuso orario, presi il cellulare pronta ad inondare il suo di messaggi whatsapp. Avevo dimenticato di guardare il messaggio che avevo ricevuto mentre ammiravo l'alba. Allora mi resi conto che tutte le persone che conoscevo stavano dormendo. Appena aprii whatsapp, tremai. Era Hernando, lo stesso che non aveva risposto al messaggio che gli avevo inviato l'ultimo giorno della festa di Elche.

Lessi il messaggio. Mi diceva che ultimamente era stato impegnato e per questo non aveva potuto rispondermi. Suppongo che con "impegnato" si riferisse alla ragazza giovane e bella insieme a lui nella sua foto profilo. Non gli risposi.

Passai il resto della giornata visitando i templi di Pulaki, Pura Teledu, Kerta Kawat, Pemuteran e Melanting, circondati da risaie, natura e vari animali esotici.

Al ritorno in hotel chiesi un'auto a noleggio per i tre giorni seguenti, così da muovermi con maggiore libertà.

Il secondo giorno visitai la spiaggia Dreamland per praticare surf, non lo avevo mai fatto. Mi immersi nell'acqua con una tavola che avevo noleggiato e cercai di mettermi in piedi. Caddi. Guardai con attenzione come facevano gli altri surfisti e li imitai, ma invano, tutte le volte che ci provavo, cadevo.

Il pomeriggio mi spostai verso Pura Tanah Lot, il Tempio della Terra nel Mare, a Kediri, senza dubbio uno dei luoghi più spettacolari mai visti prima, nonostante la folla di turisti. Rimasi lì fino al tramonto, come mi avevano consigliato al resort, sicuramente il posto migliore per terminare la giornata.

Il terzo giorno lo passai tra gli animali, in un safari. Lì conobbi un argentino che viaggiava da solo, rimase tutto il giorno attaccato a me per parlarmi. All'inizio mi sembrò simpatico, ma dopo qualche ora passata a sentire le sue storie, desideravo solo che stesse zitto.

Il quarto ed ultimo giorno guidai fino a Bedugul. Se Pura Tanah Lot mi aveva impressionato, ciò che vidi a Bedugul mi impressionò ancora di più. Sul lago Bratan si trovava il tempio Pura Ulun Danu Bratan, che mi affascinò, non avevo mai visto niente di simile, avrei potuto guardarlo per molto tempo senza stancarmi.

Mentre stavo andando via, il cellulare emise un suono. Pensavo fosse mia madre che mi chiamava sempre a quell'ora, ma no, era Hernando.

«Bisogna sempre portare l'ombrello» diceva il suo messaggio, che mi lasciò completamente sconcertata.

Ombrello. Un'altra cosa che non avevo messo in valigia. Secondo contrattempo.

Continuai con il mio itinerario senza smettere di pensare al criptico messaggio di Hernando. Mi dava fastidio pensare a lui e non a Fran.

Arrivai alla mia destinazione: il Giardino Botanico Eka Karya. Il giardino fu un'altra grande meraviglia, tutta Bali era incommensurabile. La statua Kumbakarna Laga fu ciò che più mi piacque nel giardino. Mentre stavo uscendo, il cellulare riprese a squillare. Era di nuovo Hernando.

«Ti bagnerai, compra un ombrello» Cosa voleva dirmi?

Tornai a Ubud. Passai per il mercato di Ubud, tra la moltitudine di turisti e l'odore di incenso, dove comprai vari oggetti da regalare e come ricordo, che poi avrei spedito a casa dal resort. Poi visitai altri luoghi interessanti finché mi stancai e tornai in hotel.

Dopo un breve riposo, uscii di nuovo ad esplorare la zona intorno al resort. Tutto ciò che vedevo mi sorprendeva, era tutto nuovo e molto bello. All'improvviso iniziò a piovere forte, era stato nuvoloso tutto il giorno, ma la app del meteo sul mio cellulare non indicava pioggia. In un paio di secondi ero già bagnata fradicia. Al mercato avevo comprato di tutto, ma non un ombrello.

Ero a Bali, diluviava, ma non mi importava, mi sentivo viva, mi sentivo geniale, mi sentivo come mai mi ero sentita, ballavo e ballavo girando su me stessa, non volevo smettere.

Quando tornai alla mia villa tra le palme, presi in braccio la mia gattina, che era comodamente accucciata sul suo lettino, e continuai a fare delle giravolte ballando. Fran non c'era più, ed io mi ero concentrata troppo sul passato, ma finalmente mi ero resa conto che, se volevo superare tutto questo e metterci un punto, punto e a capo, dovevo iniziare a concentrarmi sul mio presente e sul mio futuro più prossimo.

Sapevo ciò che volevo, o più o meno ne avevo una vaga idea. Grazie a Fran potevo, non solo fare questo fantastico viaggio, ma anche prendermi il tempo necessario per pensare al prossimo grande passo della mia vita. A cosa volevo dedicarmi? Mi piaceva molto l'informatica, e volevo sviluppare la mia carriera professionale in questo ambito, ma prima non mi era chiaro.

15. E ti ho incontrato.

Dopo aver viaggiato in Indonesia, India, Laos, Cambogia, Giappone, Messico, Cuba, Argentina, Canada, Angola, Sudan, Sudafrica e Marocco, oltre a Barcellona, avevo visitato quattordici dei trentuno luoghi che avevo scritto nel mio taccuino, stavo arrivando all'equatore del mio viaggio. Volevo viaggiare senza pause e non tornare a casa senza aver terminato il viaggio, ma avevo moltissima voglia di vedere la mia famiglia ed i miei amici. Parlavo con loro ogni giorno, ma mi mancava il loro affetto. D'altra parte, avevo conosciuto molte persone con diverse visioni del mondo che mi stavano aiutando a risanare la mia ferita.

L'esperienza mi aveva cambiato come persona, credo in meglio. Ora prima di dormire meditavo, faceva parte della mia nuova routine. Avevo imparato ad apprezzare quello che avevo, invece di rimpiangere ciò che mi mancava.

Dopo aver lasciato Asia, America ed Africa, avrei iniziato ad esplorare l'Europa, con una nuova avventura in Svezia.

Una delle mie abitudini in viaggio era acquistare capi di abbigliamento di ogni luogo, per poter mimetizzarmi con la gente del posto. Mi piaceva vivere l'esperienza di visitare un luogo come se appartenessi ad esso, e non fossi una semplice turista. Mi piaceva anche provare i cibi tipici di ogni posto, così come alcune usanze.

«Adela, dove pensi di mettere tutti i vestiti che stai inviando a casa?» mi chiese mia sorella minore dall'altro capo della linea telefonica.

«Tranquilla, credo che ci staranno nel mio guardaroba.»

«Finalmente, hai ammesso che è un guardaroba e non un armadio, il viaggio ti sta servendo a qualcosa.»

«Come stanno papà e mamma? Non parlo con loro da giorni, da quando sono atterrata a Pretoria.»

«Stanno bene» Cel fece una pausa «Forse sono preoccupati perché stai girando il mondo da sola.»

«Non è il giro del mondo, è una rinascita personale.»

«Pensavo fosse un addio.»

«Sì, soprattutto all'inizio. Non è che non penso a lui, non mi fraintendere, è solo che sto imparando a convivere con la sua perdita nel modo più sano possibile, e in questo processo sento che sto crescendo come persona. Suppongo che tutto questo ti sembrerà una pazzia» non sapevo come spiegarle che avevo smesso di pensare a Fran con tristezza.

«All'inizio sì, non lo nego, ma credo che ne avessi bisogno.» ammise Cel. «No eri felice per quanto fingessi, se questo ti aiuta a recuperare il sorriso, perfetto. Quando lasci il Marocco?» chiese Cel.

«Questa sera stessa, desidero lasciarmi alle spalle il caldo rovente del Marocco» passavo la giornata a sudare, anche se non mi entusiasmava nemmeno il freddo svedese.

«Potresti fare una sosta lungo la strada, mi manchi. Siamo in ottobre e non ti vedo da agosto» disse Cel con voce rotta.

«Sì, è molto tempo, ma siamo state separate anche per più tempo. Ti va di accompagnarmi per il resto del viaggio? Forse terminerà in novembre o dicembre.»

«Pensavo volessi viaggiare sola» disse Cel con cautela.

«Non lo sto facendo da sola.»

«Lila non conta.»

«Lila sì, conta.»

«Va bene, ci penserò, ma non voglio perdere le lezioni.»

Dopo aver chiuso la telefonata, feci la valigia, misi Lila nel suo trasportino, anche se mi dispiaceva sempre rinchiuderla là dentro, e scesi alla reception per chiamare un taxi.

Dopo una lunga attesa, comparve il taxi. Io ero in preda ad una crisi di nervi, cercavo di canalizzare tutta questa energia per tranquillizzarmi, ma il fatto che l'orario di decollo dell'aereo fosse così vicino non mi aiutava.

Un uomo giovane con tratti marocchini, con i più fantastici occhi azzurri che avessi mai visto, prese la mia valigia, la buttò nel portabagagli senza delicatezza, e lanciò uno sguardo di disapprovazione alla mia gatta. Poi partì a tutta velocità, mentre attraverso il finestrino si infilava la sabbia del deserto, portata dall'aria.

Arrivai all'aeroporto controllando la rabbia che provavo. Feci il check in della valigia e corsi con Lila verso la zona di imbarco. Dopo aver cercato il gate, mi sedetti e mi calmai un po', ero arrivata in tempo, per poco, ma ero arrivata.

Una signora anziana con i capelli bianchi si sedette al mio fianco ed iniziò a parlarmi in inglese con accento tedesco.

«Posso toccare la gatta?» mi chiese in inglese.

Non volevo toglierla dal trasportino, così feci cenno di no con la testa e le sorrisi, aggiungendo un delicato e quasi sussurrato *sorry*.

Ero impaziente di salire sull'aereo, così iniziai a mangiarmi le unghie, una cosa che non facevo più da quando ero piccola, ma che ero tornata a fare dopo il pessimo volo dal Giappone al Messico pieno di turbolenze.

Stavo iniziando ad addormentarmi quando udii le persone che dovevano salire sul mio aereo parlare in modo agitato, pensai che fosse il momento dell'imbarco, ma no, il volo era cancellato. Non era un ritardo, accumulato durante il viaggio, era una cancellazione dovuta ad uno sciopero di cui non avevo la minima idea. Scrissi a Cel per raccontarle quanto ero contrariata.

«Con i soldi che hai ... non hai pensato di comprarti un aereo privato?» mi rispose mia sorella.

Per un istante pensai a questa idea, mi suonava bene. Cercai in Internet e, vedendo i prezzi, mi spaventai. Non credo che Fran mi avesse lasciato tutto quel denaro perché lo sprecassi.

Mi diressi verso un punto informazioni della compagnia aerea con cui volavo. Dopo una conversazione tesa ottenni un volo per Malmö, con scalo a Londra, per il giorno seguente.

Passai la notte in aeroporto tra fast food e persone in transito da un posto all'altro. Dormii accanto alla signora anziana. Quando mi svegliai, l'anziana se ne era andata, ma Lila era ancora al mio fianco.

Il volo decollò prima dell'alba. Pensai a tutti i luoghi che avevo visitato, tutto quello che mi avevano dato e come poco a poco, avevo accettato la realtà, qualcosa di cui avevo bisogno per continuare con la mia vita.

Dopo un breve scalo a Londra, presi un altro aereo che mi avrebbe lasciata all'Aeroporto di Malmö, la mia prossima destinazione.

Mi misi a contare tutte le ore che avevo passato sugli aerei da agosto, e quando la cifra fu troppo grande smisi. Approfittavo del tempo trascorso in aereo per riposare, e per pianificare ciò che avrei fatto in ogni luogo.

Un uomo giovane, seduto due file più avanti, continuava a fissarmi sfacciatamente da quando eravamo partiti da Londra.

«Vuoi qualcosa?» gli chiesi in spagnolo.

L'uomo si voltò, digitò qualcosa sul suo cellulare e tornò a voltarsi verso di me.

«Credo che la tua gatta sia scappata» disse tentando di parlare spagnolo con una brutta pronuncia ed un accento indeterminato.

In quel momento, sollevai il trasportino e con mio grande stupore Lila non c'era più. Spaventata, mi sganciai le cinture, mi alzai e mi avvicinai al giovane, che aveva un buon profumo.

«L'hai vista?» gli chiesi, questa volta in inglese.

L'uomo giovane alzò il dito indice ed indicò in avanti. Camminai nervosa verso dove mi aveva indicato, ma per mia sfortuna due assistenti di volo venivano nella mia direzione con un carrello offendo dolci e bevande, dovevo tornare a mio posto. Appena riuscii a passare, mi diressi più rapida possibile dove credevo di trovarla. Ma Lila non c'era. Chiesi disperata a tutti i passeggeri lì intorno, nessuno aveva visto un gatto. Informai una hostess che mi tranquillizzò dicendomi che sarebbe ricomparsa. Alla fine tornai al mio posto distrutta. Dopo pochi minuti nei quali mi immaginai di tutto, il giovane comparve con Lila in braccio. Cercai di ricompensarlo con del denaro ma lo rifiutò, mentre io mi sentivo immensamente felice per aver recuperato questa piccola gatta bianca tanto adorabile, che era la mia compagna nel viaggio più importante della mia vita.

All'atterraggio a Malmö mi attendeva una piccola sorpresa: avevano perso la mia valigia! Era come l'avvertimento numero ventidue o ventitré, non ero sicura.

Dopo aver sporto reclamo, presi un taxi che mi avrebbe portato al mio hotel. Per questa occasione avevo scelto il Story Hotel Studio Malmö, un hotel moderno da cui poter raggiungere a piedi molti luoghi di interesse, e naturalmente, un hotel dove potevo alloggiare con la gatta.

La vista dalla mia stanza era impressionante, potevo vedere tutta la zona del vecchio porto industriale, con il Turning Torso. Iniziai a scattare foto del panorama e della stanza senza fermarmi come facevo in ogni posto nuovo. Avevo dovuto comprare una sim micro SD perché non avevo più spazio nel cellulare. Inviai subito le foto a mia madre, a Cel e alle mie amiche, che mi risposero immediatamente, ora che avevamo lo stesso fuso orario.

Dato che era ora di pranzo, uscii dall'hotel ed entrai nel primo ristorante che incontrai. Ordinai un *köttbullar*, un piatto di polpette di carne macinata coperte di salsa, accompagnate da purè di patate e marmellata di mirtilli rossi, era delizioso. Poi provai il *knäckebröd*, un pane svedese fatto di segale. Come dolce orinai un *chokladboll*. Devo dire che, anche se durante questo viaggio mangiavo molto, stavo dimagrendo, tanto che mia madre era preoccupata per la mia salute. In fin dei conti, passavo la giornata a camminare senza mai fermarmi.

Dopo aver mangiato, passai il pomeriggio visitando il Municipio di Malmö, la piazza Stortorget, il Moderna Museet ed il Castello de Malmö, che ospitava al suo interno vari musei, tutto questo tra case che parevano uscite dalle fiabe, con gente in bicicletta e molte sculture. Una delle cose che attirò la mia attenzione furono le zone verdi e la quantità di vegetazione della città. Senza dubbio, una delle città che mi piacevano di più di tutto il viaggio.

Prima di tornare all'hotel, dovetti acquistare un'altra valigia e vestiti, quelli della compagnia aerea continuavano a non dare alcun segno di vita. Questa volta scelsi un bagaglio a mano, così non c'era il rischio di perderlo.

Il secondo giorno, e l'ultimo a Malmö, mi alzai presto, volevo vedere molti altri posti e farlo con calma, di solito correvo da una parte all'altra per sfruttare al massimo il tempo in ogni luogo.

Tornai nella zona del Castello e con Lila esplorai Slottsparken, Kungsparken e Slottsträdgården dove si trovava Castle Mill, oltre ad un giardino biologico dove Lila ed io aiutammo alcuni bambini a piantare ortaggi e dove ci fermammo a bere qualcosa al Slottsträdgårdens Kafé.

Poi ci spostammo a Pildammsparken dove mangiammo e vedemmo uno spettacolo a Pildammsteatern. Lila era felicissima di stare tutto il giorno con me e non rinchiusa in una stanza d'albergo e, anche se la tenevo al guinzaglio, dovevo stare attenta perché ogni volta che ci avvicinavamo ad un lago voleva lanciarsi contro le papere.

Più tardi andammo a Folkets Park, il parco più antico di Svezia, dove attirò la mia attenzione quella che, probabilmente, era la fontana più originale che avessi mai visto in vita mia, Rosfontänen, una fontana a forma di rosa.

Dopo un giro in barca per i canali di Malmö rientrammo di corsa in hotel.

Presi la valigia e con Lila partii per Göteborg. Il tragitto tra le due città mi servì per riposare dopo una giornata stancante, anche se in realtà da quando avevo iniziato il viaggio, la maggior parte delle giornate erano faticose.

Quando arrivai a Göteborg era tardi. Alloggiai all'Hotel Riverton, accanto al fiume Göta. La mia stanza aveva un aspetto moderno e rilassante. Cenai *älggryta* nel ristorante dell'hotel, accompagnata da un panorama perfetto.

Non mi pentivo affatto del viaggio. Una delle sue conseguenze migliori era che ogni giorno superavo un po' la perdita di Fran , la accettavo. Avevo imparato a convivere con quella sensazione di dolore e, poco a poco, la sostituivo con la stabilità emotiva che mi dava la felicità, un sentimento che avevo quasi dimenticato.

Mi svegliai con il miagolio di Lila. Avevo voglia di esplorare a fondo questa città, quel giorno avevo molta energia. Per prima cosa misi della musica al cellulare ed iniziai a ballare, e a seguire, mi concessi una doccia rinfrescante.

Dopo una deliziosa colazione, iniziai il mio itinerario di quel giorno. La prima tappa era la visita del Giardino Botanico. Mi stavo abituando a stupirmi di ogni meraviglia che incontravo, non potevo evitarlo. Poi percorsi l' Universeum, il Museo d'Arte e l'Università di Göteborg.

Il secondo giorno visitai il Museo Volvo, a mio padre piacevano molto le auto, così scattai mille foro per lui e gliele mandai subito. Dopo questa visita mi venne voglia di percorrere in barca l'arcipelago di Göteborg e girare varie isole a piedi.

Vicino al porto c'era un uomo girato di spalle, che mi risultava familiare. Una leggera brezza portò verso di me un profumo maschile inconfondibile che mi risultava ancor più familiare. Mi avvicinai decisa all'uomo senza riuscire a distogliere gli occhi da quella schiena dritta, quelle spalle sontuose, quei capelli castano chiari con riflessi dorati e da tutto l'insieme, ma mentre stavo per raggiungerlo, si voltò.

Nella mia testa tutto accadde al rallentatore: il momento in cui mi guardò con faccia sorpresa, il conseguente sorriso e l'abbraccio forte che mi diede senza pensarci due volte. Ogni volta che mi ricordo penso all'espressione idiota che avevo in quel momento, non sapevo se mettermi a piangere o fare salti di gioia per averlo incontrato in una città così lontana da casa mia.

«Come stai?» chiese Hernando, con il sorriso più amabile del mondo.

«Non posso credere che sei qui» dissi a voce bassa.

«Non credi al destino?»

«A dire la verità, no» risposi sinceramente, un po' agitata

«Sei qui da sola?»

«Sì.»

«Io posso farti compagnia ...» disse con tono spiritoso.

«Sarebbe bello» risposi, vivace.

Iniziammo a passeggiare per il porto verso la barca.

«Cosa fai qui? Sei in vacanza?» gli chiesi, curiosa.

«In realtà sto lavorando» mi rispose.

Lo fissai stupita. Hernando sorrise misterioso.

«Ti spiegherò. Mi hanno licenziato dal lavoro precedente» disse con tono triste «tranquilla non mi piaceva granché. Dopo il licenziamento sono tornato a Castellón, ma riuscivo a pensare solo a te, non so nemmeno perché, ti avevo vista solo un giorno, ma credo che a volte basti un giorno per ricordare qualcuno per sempre, anche per innamorarsi di qualcuno, ovviamente questo non significa che sono innamorato di te, ma sì provo qualcosa per te.»

Ero confusa, non sapevo bene cosa dire, lui mi anticipò.

«Una scuola superiore di Castellón che sta scrivendo una guida su Göteborg, città in cui gli studenti andranno in gita a fine anno, mi ha assunto per venire qui e fare delle foto della città, e consigliare luoghi di interesse da visitare che non siano quelli tipici indicati da Internet» mi spiegò, cambiando completamente argomento.

Hernando portava una macchina fotografica appesa al collo.

«Alla fine hai comprato l'ombrello?» disse ridendo.

«Cosa è successo?»

Ricordavo bene come mi ero sentita bagnandomi con la pioggia a Bali, era stata una purificazione spirituale.

«Te lo dirò, ma non adesso.»

«Voglio saperlo ora» insistetti.

«Meglio di no.» Hernando non era facile da convincere.

«Dimmelo»

«Domani sarai ancora qui?» mi chiese.

«A Göteborg? Sì.»

«Allora te lo dirò domani. Dopo Göteborg, dove andrai?» mi chiese.

«A Parigi» risposi, malinconica.

Parigi mi ricordava Fran, ma volevo andarci per guarire un po'la ferita, inoltre quella città mi piaceva molto.

Hernando si offrì di accompagnarmi nel giro in barca nell'arcipelago di Göteborg, gesto che apprezzai.

Ora le parole erano state sostituite dal silenzio, che regnava tra noi, ma non era un silenzio imbarazzante, ci dicevamo tutto con gli occhi. Eravamo seduti in barca, mano nella mano, sorridendo in modo stupido, era come un sogno ad occhi aperti.

Trascorremmo la giornata tra giri in barca e visite guidate alle varie isole. La situazione era idilliaca, ci comportavamo come se fossimo più che amici, anche se non si poteva dire che lo fossimo, dato che questo era il secondo giorno che ci vedevamo.

Una coppia di turisti francesi ci prese per una coppia di innamorati, e per un momento questo mi fece smettere di fare la sciocca con Hernando per pensare a Fran, mi sembrava di tradirlo.

Ero congelata per il freddo, si notava sul mio viso e non smettevo di tremare. Hernando si avvicinò cercando di coprirmi con la sua giacca, ma lo evitai. Il commento della signora francese mi aveva spinto a mettere un po'di distanza tra noi due.

Tornati a terra, Hernando insistette per portarmi a cena in un ristorante italiano, il suo piatto preferito era la pasta. Io rifiutai, volevo cenare con piatti tipici svedesi, lui accettò con finta espressione di disgusto.

Cenammo *Kåldolmar* in un ristorante con decori marinari, e devo dire che era buonissimo. Hernando mi raccontò del suo lavoro a Göteborg. Lo ascoltavo incantata, si esprimeva molto bene e il suo modo di parlare dava dipendenza, come si trattasse di una droga, non riuscivo a smettere di ascoltarlo.

Al ritorno in hotel, ci fermammo all'ingresso, mi prese la mano baciandomela teneramente e si congedò con un semplice:

«Riposati.»

Restai a guardarlo e non risposi. Mi sentivo come una di quelle principesse che tanto piacevano a Cel.

Salii di corsa le scale verso la mia stanza, avevo la sensazione che l'ascensore fosse troppo lento. Aprii la mia stanza agitata per lo sforzo fisico, mi buttai sul letto ed iniziai a raccontare tutto a Cel. Lila mi reclamò con un miagolio.

«Tranquilla Lila, racconterò tutto anche a te.»

Che giornata grandiosa! Fantastica! In quel momento desideravo solo che il giorno seguente fosse migliore. Ero euforica, ma provavo anche sentimenti contraddittori: da un lato volevo andare avanti con Hernando per vedere se avevamo un futuro o se si trattava solo di una cotta innocente, dall'altro, non potevo evitare che una parte di me volesse scappare di corsa verso un passato che ormai non esisteva più. Mi chiedevo cosa sarebbe accaduto se Fran non fosse mai entrato nella mia vita e se fosse esistito solo Hernando, sicuramente sarebbe stato tutto più semplice.

Il terzo giorno a Göteborg lo passai al parco dei divertimenti Liseberg, il più grande della Scandinavia, insieme a Hernando, divertendoci, facendo gli sciocchi e, con mio stupore, a malapena pensai a Fran per tutta la giornata.

Quel giorno mi ero vestita meglio del solito. Mi ero fatta i capelli ricci, truccata in modo evidente e mi ero vestita con gli abiti migliori acquistati a Malmö.

Ricordo che dopo essere scesa da una giostra quasi vomitai, eppure salimmo su quante più attrazioni possibili. Hernando era sorpreso, per effetto dell'adrenalina dicevo una stupidaggine dopo l'altra, correvo da una parte all'altra senza freni, saltavo di gioia, ogni tanto lo abbracciavo senza motivo (servono delle ragioni per abbracciarsi?), sorridevo e dicevo sempre di sì.

Senza sapere perché, mi batteva forte il cuore. Ogni volta che Hernando mi sfiorava senza volerlo, o di proposito, ogni volta che mi guardava, o quando semplicemente pensavo a lui, sentivo quelle inevitabili e tipiche farfalle nello stomaco. Mi stavo innamorando, e come al solito, il mio ying e yang interiore discutevano dentro di me.

Quando decidemmo di terminare la nostra avventura a Liseberg, ero già più calma e facemmo una passeggiata fino ad una caffetteria, con una bella decorazione svedese, e poche persone all'interno.

Dopo un po'di conversazione banale con molte risate, Hernando diventò serio, si raddrizzò sulla sedia, e guardandomi negli occhi mi disse:

«Ricordi che ti dissi che in estate non riuscivo a smettere di pensare a te?»

«Sì, non me lo aspettavo» replicai un po'confusa.

«Non è così importante» Hernando guardava altrove.

Era teso per la situazione, si notava che quello che cercava di dirmi per lui era importante, ma per qualche motivo non osava

All'improvviso, Hernando si alzò in piedi, respirò a fondo e si sedette di nuovo.

«La ragione per cui sapevo che avevi bisogno di un ombrello era perché ti ho vista a Bali, vicino a Pura Ulun Danu Bratan» mi disse molto serio.

«Non ti credo» lo interruppi.

«Te lo posso dimostrare» mi rispose sicuro di sé.

Prese il cellulare e mi mostrò una foto in cui c'ero io in fondo al tempio. Non capivo, ma tutto improvvisamente aveva un senso.

«Cosa facevi a Bali? Ti hanno assunto anche là per fare foto?» chiesi sulla difensiva, iniziavo a dubitare di Hernando.

«Tua sorella mi ha detto che eri là, sono venuto a cercarti» disse con tono prudente.

«Cosa? Sei pazzo?! Mi hai seguita anche in altri Paesi? Sei qui per me? Mia sorella cosa ha a che vedere con tutto questo?» dissi gridando e colpendo il tavolo, ero esaltata.

«Calmati! E lasciami finire la mia storia» mi supplicò.

«Ucciderò mia sorella» dissi a me stessa.

«Come ti ho spiegato ieri, dopo il licenziamento non smettevo di pensare a quella dolce ragazza incontrata a Barcellona. Il poco che sapevo di te era dove lavoravi, così andai alla tua azienda, dove mi dissero che non lavoravi più là, ma mi fornirono informazioni e il tuo indirizzo. A casa tua mi aprì la porta una bellissima bionda che risultò essere tua sorella. Lei mi ha detto che eri a Bali, era convinta che ti sarebbe piaciuto incontrarti con me. Una volta a Bali, ti ho vista fuori dal tempio, ma tua sorella mi ha chiamato. Mi ha detto che incontrarti in quel momento era una pessima idea, e che se volevo concludere qualcosa con te dovevo aspettare che terminassi il viaggio, e ho fatto così.»

Non riuscivo a credere a cosa stavo ascoltando, se era vero, aveva percorso mezzo mondo conoscendomi appena, e se non era vento, poteva andarsene subito, non sopportavo uno stalker bugiardo.

«Ma sei qui» dissi seccata, cercando di tirare le fila.

«Ti ho già detto che sono qui per lavoro. Tua sorella mi avrebbe avvisato quando finivi il viaggio. Puoi chiederglielo se vuoi» disse con tono convincente.

«Le hai detto che mi hai vista?»

«No, da ieri non ho pensato ad altro che a te» disse con tale naturalezza e sicurezza che mi tremarono le gambe.

Erano trascorsi mesi da quel giorno funesto, ma continuavo a restare attaccata al passato, continuavo a sperare di risvegliarmi da un brutto sogno eterno.

«Credo non sia una buona idea. Non posso farlo» e senza dire altro, mi alzai dal tavolo e me ne andai lasciando solo Hernando.

Uscii di corsa dalla caffetteria senza guardarmi indietro, mi sentivo in colpa, mi piaceva molto, aveva iniziato a piovere e non avevo l'ombrello, come a Bali. Senza avere il tempo per pensare a cosa fare, sentii una mano afferrarmi il braccio per farmi voltare. Hernando avvicinò la sua bocca alla mia e ci baciammo per la prima volta, sotto un temporale autunnale.

«Non so se posso farlo» dissi quando ci separammo.

«Perché no?» mi chiese con espressione interrogativa.

Hernando era ancora più bello sotto la pioggia, con i capelli bagnati.

«Non è passato tanto tempo da quello che è successo con Fran» dissi dubbiosa.

Hernando distolse lo sguardo addolorato.

«Scusa, ma non voglio essere l'ombra del tuo ex.»

Questa frase mi fece male. Ora capivo come doveva sentirsi Hernando. Era in competizione con Fran, che per me era perfetto, quando in realtà non avrebbe dovuto confrontarsi con nessuno.

«Ti senti in competizione con lui?» gli chiesi cercando di arrivare in fondo alla questione.

«Non si tratta di questo, non potrò mai competere con il tuo ex, si tratta del fatto che non voglio. Non voglio che in futuro in tutte le tue conversazioni parli di lui. So che lo amavi molto, ma lui non c'è più, hai davanti a te l'opportunità di essere felice con me, la coglierai o lascerai che me ne vada?»

«Devo pensarci» risposi con molti dubbi.

Sul viso di Hernando comparve la delusione, non era questa la risposta che aspettava. Lui voleva una risposta decisa, o tutto o niente, ed io gli offrivo solo un rinvio, che prolungava la sua agonia.

Mi sembrava che Hernando avesse le lacrime agli occhi per la disperazione ed il dolore che gli stavo causando, ma non ne ero sicura perché pioveva sempre di più. Suppongo che se come lui avessi fatto tanto per conoscere una persona, sarei diventata triste anch'io.

«Domani prendo l'aereo per Parigi e mi piacerebbe avere una risposta per te» mi decisi a dirgli finalmente dopo una lunga pausa sotto la fredda pioggia.

Dovevo dirgli qualcosa, qualunque altra cosa sarebbe stata ingiusta.

«Stasera ti chiamerò. Mi piacerebbe che venissi al mio hotel per darti una risposta.»

Hernando se ne andò con la delusione sul viso. Io corsi al mio hotel sotto il temporale.

Dopo essere entrata nella mia stanza, la prima cosa che feci fu chiamare mia sorella, dovevo conoscere la storia da tutti i punti di vista prima di prendere una decisione. Celeste rispose al primo squillo.

«Ti stai divertendo?» chiese per salutarmi.

Sospettavo che sapesse più di quanto mi diceva.

Mi tolsi tutti i vestiti bagnati e li gettai a terra, misi il vivavoce, aprii l'acqua calda e andai sotto la doccia.

«Cel voglio che tu sia sincera. Conosci Hernando?» diretta al punto, perché aspettare?

«Che succede se ti dico di sì?»

Questo per me era un sì.

«Cel, perché gli hai detto che andavo a Bali?»

«Perché eri molto triste, e lui è così bello e affascinante e state così bene insieme, perché anche Fran era molto bello, ma non nel tuo stile come invece lo è Hernando. Inoltre, Hernando non è affatto presuntuoso.»

Cominciavo a scaldarmi sotto l'acqua bollente.

«Cosa vuoi dire?»

«Dai Adela, lo sai. Fran era presuntuoso.»

«Pensavo ti fosse simpatico.»

«E mi piaceva perché ti trattava molto bene, ma questo non toglie che pensava di essere il ragazzo più bello del pianeta Terra, per esempio, Hernando è più bello.»

«Cel non credo che Fran fosse presuntuoso.»

Udii sbuffare dall'altro capo della linea.

Uscii dalla doccia, indossai una camicia da notte bianca che lasciava poco all'immaginazione e mi avvolsi i capelli bagnati in un asciugamano.

«Cosa provi per Hernando?»

«Non saprei spiegarlo» mentii a mia sorella.

«Sapevi che era venuto a Bali solo per vederti?»

«Sì, so che glielo hai detto tu» dissi con tono accusatorio.

«E non ti sembra una bella cosa?»

«Non del tutto. Gli hai detto che sono in Svezia?»

«No, perché? Non parlo con Hernando da quando eri a Bali.»

Il tono della voce di mia sorella mi sembrava sincero.

Mia sorella mi raccontò la sua versione della storia di Hernando, coincideva. Poi, più tranquilla, riferii a mia sorella tutto quello che avevo fatto negli ultimi due giorni.

«Adela, a cosa darai ascolto? Alla tua testa o al cuore? So che la tua testa pensa che stai tradendo Fran e che il tuo cuore prova amore per Hernando, ma so anche che Fran desiderava che tu fossi felice» mi disse Celeste.

Stavo piangendo, sapevo che mia sorella aveva ragione, ma mi costava ammetterlo.

Chiamai Hernando perché venisse nella mia stanza, e così potergli comunicare la mia decisione.

Ero molto nervosa, passavano i minuti ed Hernando non arrivava, non sapevo nemmeno in quale hotel alloggiasse, così non potevo calcolare la distanza. Ricordai il momento in cui avevo quasi vomitato scendendo da una giostra e vomitai. Presi in braccio Lila e le feci un massaggio per calmarmi.

Mi girava la testa, pensavo a troppe cose, sentivo che stava finendo una tappa della mia vita. Bussarono alla porta della stanza. Mi sarebbe piaciuto avere più tempo, mi sarebbe piaciuto vedere il viso dei nostri figli, e anche se avevo fatto l'impossibile per tenerlo accanto a me, dovevo dirgli addio. Aprii la porta.

Davanti a me apparve Hernando, che si era cambiato gli abiti bagnati. Non lo vedevo più con gli stessi occhi, sembrava più uomo, più maturo, quasi mi intimidiva. Era serio e continuava a guardarmi negli occhi.

«Non so come iniziare a dire ciò che voglio dirti» cominciai con voce nervosa.

Con un gesto, lo invitai ad entrare nella stanza. Hernando entrò e si sedette su un divano senza dire una parola.

Stavo tremando, non sapevo perché, non mi era mai successo con nessun uomo. Forse un po'con Fran.

«Vuoi bere qualcosa?» dissi tanto per dire qualcosa e guadagnare tempo per riordinare le mie idee.

«Non sono venuto qui per questo» mi rispose molto serio, ma con tono gentile.

Mi sudavano le mani, quasi non osavo guardarlo in volto ed il cuore mi usciva dal petto. Mi sedetti accanto a lui e gli presi le mani.

«Hernando, io ho amato molto Fran.» Hernando aprì la bocca per dire qualcosa, ma lo zittii. «In questi mesi mi sono aggrappata al suo ricordo perché era l'unica cosa che mi restava di lui. Dalla sua morte fino al mio arrivo a Bali ho vissuto come un automa. In un tempio a Bali un monaco mi disse che dovevo imparare ad essere in pace con me stessa, e questo mi ha portato a cercare di trovare una stabilità emotiva per essere felice. In Laos mi dissero che dovevo vivere ogni istante, intensamente. Da quel momento ho cercato di assaporare ogni cibo come mai prima, osservare ogni luogo, annusare gli odori della gente che incontro e ascoltare davvero. Ma ho dimenticato una parte importante: lasciare entrare di nuovo l'amore.» Tacqui un momento per vedere come reagiva, Hernando era impaziente. «Quanto ti ho visto per la prima volta ero distrutta e non avevo nessun interesse per te, ma con il tempo mi sono chiesta in varie occasioni cosa sarebbe accaduto se ti avessi conosciuto in altre circostanze. Questi due giorni sono stati meravigliosi e, sebbene non sufficienti per chiederti di sposarmi, sono bastati per innamorarmi di te. Avevo paura di dirti quello che provavo perché significava chiudere una porta della mia vita, ma ora sono sicura di voler aprirne un'altra con te.»

Hernando non replicò nulla. Si avvicinò a me, con la mano destra mi sistemò una ciocca di capelli dietro l'orecchio sinistro, mi guardò qualche secondo, che mi sembrò eterno, e mi baciò con foga. Iniziò a togliermi i vestiti con avidità, mentre anch'io lo spogliavo, avevamo già perso troppo tempo.

Il mattino seguente, avevamo dormito a malapena, ma eravamo rilassati. All'aeroporto scherzavamo come due adolescenti mentre la gente ci guardava.

16. I sogni diventano realtà.

Mi sembrava strano visitare Parigi con Hernando e non con Fran. Dovevo smettere di pensare al passato, il presente si presentava con pacchetti regalo che pensavo di aprire.

Dopo due giorni intensi in cui girammo per Parigi e ci amammo molto, Hernando tornò a Castellón per consegnare il suo lavoro su Göteborg. Ma non sapevo che mi aveva preparato una sorpresa.

Il terzo giorno visitai Disneyland París. Avevo l'entusiasmo di una bambina, peccato che Hernando non fosse con me. Mi coprii adeguatamente, il freddo mi rendeva le mani sempre gelate. E pensare che ad Elche erano ancora in canottiera! Uscii in cerca dell'autobus per andare via da lì, ma mi attendeva una sorpresa inattesa.

Sulla porta dell'hotel incontrai una Cel molto felice che venne di corsa verso di me e mi abbracciò a lungo, poi piangemmo un po'per non esserci viste per tanto tempo. Ma, cosa ci faceva mia sorella a Parigi?

«Ciao sorellona, come stai?» mi chiese Cel emozionata.

«Ma, cosa fai qui?» chiesi sbalordita.

«È stato Hernando» rispose Cel.

Non potevo crederci! Il mio nuovo fidanzato aveva fatto arrivare mia sorella fino a Parigi perché potessimo passare la giornata insieme, sapeva che mi faceva piacere.

Dopo il tragitto in autobus, arrivammo al magico mondo di Disney. Dopo essere entrate nel parco Cel ed io iniziammo a correre come due bambine piccole.

«Dobbiamo salire su tutte le giostre» disse Cel entusiasta.

In quel momento mi ricordai della giornata trascorsa con Hernando a Liseberg e sorrisi.

«Ti vedo molto bene, sembri» Cel fece una pausa prima di continuare «felice.»

«Lo sono» risposi all'istante.

«Parlami di Hernando» mi chiese Cel.

«Hernando è appassionato, maturo, divertente, non ha paura di rendersi ridicolo quando la situazione lo richiede, comprensivo, gradevole, buon conversatore, non è presuntuoso come hai detto era Fran ed ha la buona abitudine di baciarmi sul collo in ogni momento» dissi quasi egocentrica.

«E sei innamorata cotta di lui» disse e sorrise.

«Proprio così» riposi e non potei fare a meno di ridere come una stupida.

Cel mi guardava come se fossi pazza.

«Godiamoci la giornata» mi suggerì Cel che non sapeva più dove guardare, le piaceva tutto, ed anche a me.

Trascorremmo la mattinata salendo sulle giostre, vedendo spettacoli, facendo foto accanto ai personaggi Disney e parlando di come stavo superando la perdita di Fran, del mio viaggio e, naturalmente, di Hernando e di come mi faceva sentire.

Mi piaceva la decorazione autunnale e di Halloween del parco. Molti bambini erano travestiti da personaggi Disney. Cel ed io ci comprammo una cappello di Elsa e Anna di *Frozen*, perché come le due sorelle del film, una era bionda e l'altra castana. Passammo il pomeriggio girando per negozi comprandoci quantità di peluches ed altri oggetti senza pensare a come portarli in hotel, ma non aveva importanza, perché da molto tempo non ero così felice.

Tornate in hotel eravamo distrutte, volevamo solo dormire, eppure, io continuavo a parlare di Hernando, qualcosa di sorprendente perché lo avevo visto appena. Alla fine Cel smise di prestarmi attenzione e si mise a giocare con Lila, un gesto che non mi interessava, perché l'unica cosa che volevo in quel momento era gridare al mondo quanto ero immensamente felice, perché analizzando la situazione andava tutto bene: godevo di buona salute, avevo Lila, ero a Parigi con mia sorella, eravamo appena tornate da Disneyland ed avevo un fidanzato con una personalità eccezionale e anche molto bello.

Il giorno seguente non ci allontanammo molto dal mio hotel centrale, dato che era il mio ultimo giorno a Parigi prima di andare a Bordeaux. Dedicammo la giornata ad acquistare vestiti e make up senza badare i prezzi, semplicemente ci compravamo quello che ci piaceva, o meglio lo compravo io, era come se tutti quei giorni dell'anno in cui ti regalano qualcosa si fossero uniti in quello stesso giorno.

Cel ed io ci separammo di nuovo all'aeroporto. Non ci saremmo più riviste di persona fino alla fine del mio viaggio. La abbracciai forte con le lacrime agli occhi, mi era mancata, e fino a quel momento non mi ero resa conto quanto.

«Mi dispiace non averti chiesto niente. Ho parlato solo di me» dissi a testa bassa.

«Tranquilla, dopo tutto quello che hai passato quest'anno, mi basta vederti così contenta.»

Ci abbracciammo di nuovo finché gli altoparlanti dell'aeroporto non diffusero l'ultima chiamata del mio volo.

17. Fai caso a Yoda.

Atterrai ad Elche alla fine di novembre senza annunciare il mio arrivo, non volevo vedere un gruppo di gente ad aspettarmi con i tipici striscioni. Gli striscioni fatti a mano, i palloncini, tutto questo mi era sempre sembrato molto sciocco.

Era quasi mezzanotte, ero stanca ed insonnolita dopo il lungo viaggio dalla mia ultima destinazione: Micronesia. Avevo i capelli arruffati, indossavo capi troppo leggeri per quell'epoca dell'anno e nell'ultimo giorno avevo mangiato a malapena. Passeggiavo tranquilla per l'aeroporto, girai per la zona in cui aspettano famigliari e amici e mi bloccai sorpresa.

Lì, con il cellulare nella mano destra ed un piccolo altoparlante nella mano sinistra, mentre suonava *Sometimes* di Kat Graham, c'era Hernando, sorridente a più non posso, con un sorriso bello e perfetto, così grande che sembrava gli uscisse dal viso. Non lo vedevo da quando eravamo stati insieme in Italia, dopo il mio passaggio per Monaco. Vedendolo Lila miagolò, anche lei era contenta.

Non me lo aspettavo affatto. Come sapeva che sarei arrivata quel giorno a quell'ora? Avevo detto a tutti che sarei tornata la settimana seguente. Mi avvicinai a lui e lo baciai a lungo. Fatti alcuni passi mi stupii ancora di più: tutta la mia famiglia, compresi zii, cugini e altri, accanto a Werry, Paula e

Laura, mi stavano aspettando con i tipici palloncini e striscioni che mi piacevano così poco, ma non aveva importanza, perché ero a casa e questa era la cosa più importante.

Due ore più tardi, ero a casa dei miei genitori, mi avevano preparato una festa a sorpresa. Lì c'erano praticamente tutte le persone che conoscevo.

«Non mi avevi detto che il tuo ragazzo era così bello» mi disse Werry, indicandolo. «Lo sai che è stato lui ad informarsi su quando saresti arrivata? Ti vedo molto bene, ma un po'magra» aggiunse Werry squadrandomi dall'alto in basso.

«Hernando ti piace?» gli chiesi.

«Ti ho già detto di sì, tesoro.»

«Voglio dire se ti piace com'è, così diverso da Fran» precisai dubbiosa.

«Mi stai chiedendo se mi piace più di Fran? Perché risponderti sarebbe offensivo per entrambi» Werry non ci poteva credere.

Werry mi conosceva molto bene. Non avrei dovuto chiedergli una cosa del genere. Che stupida! Tornata a casa avevo ricordato tutto quello che credevo ormai superato.

«Werry credo sia possibile che la mia relazione precedente non fosse così meravigliosa» dissi con sincerità.

«Adela smettila, goditi la tua vita attuale che è molto bella» mi consigliò Werry.

La maggior parte delle persone se ne andarono presto perché il giorno dopo dovevano lavorare.

«Mi piace molto il tuo fidanzato» mi disse mio padre, come fosse un segreto. «A tua madre piace, ma anche no. Non per lui, ma per Javier. Ti ricordi di Javier?»

La verità è che non mi ricordavo più di lui. Javier e le sue ascelle sempre bagnate. A mamma piaceva perché aveva i soldi, o almeno lei lo supponeva; a me sembrava l'uomo peggiore con cui avevano tentato di accoppiarmi, anche se in realtà era l'unico con cui avevano provato, se lo confrontavo con i miei ex fidanzati era ancora peggio.

«All'inizio, quando Cel venne a casa e ci raccontò che ti aveva incontrata in Svezia con un ragazzo che conoscevi, tua madre pensò si trattasse di Javier. Dovevi vedere la faccia di tua madre quando alla fine si spiegò tutto. Disse che Hernando non poteva essere un partito migliore di Javier. Quando alcuni giorni fa è venuto qui a casa a presentarsi, tua madre ha cambiato atteggiamento, ha iniziato a lodarlo e a dire «Che fortuna ha avuto mia figlia!» » mi riferì mio padre divertito.

Quella notte dormii a casa dei miei genitori. Il mattino seguente andai a casa mia con Hernando e Lila. Aprendo la porta non era quella l'immagine che mi aspettavo di vedere. La sala da pranzo era decorata come avevo progettato nel bozzetto, anche il bagno, come la cucina, la stanza da letto di Cel e quello che doveva essere il mio studio, solo la mia stanza e il bagno privato erano ancora uguali. Il mio primo istinto fu di arrabbiarmi perché mi avevano ridipinto casa senza il mio consenso, ma due secondi dopo ricordai i giorni di meditazione in India, inspirai profondamente, espirai e mi calmai. Come potevo arrabbiarmi se avevano ridecorato casa mia come volevo io per farmi una sorpresa? Anche se, questo sì, il risultato non era quello sperato, mi piaceva di più nella mia immaginazione.

La mia camera da letto era piena di scatoloni ancora da aprire, provenienti dai diversi Paesi che avevo visitato. Ne aprii uno con mittente del Giappone e tirai fuori un vestito da geisha. Lo provai e tentai di imitare i gesti delle geishe.

«Sei molto bella» mi disse Hernando, si avvicinò, mi strinse tra le sue braccia e mi diede un bacio.

«Grazie amore» gli dissi, restituendogli il bacio.

«Faresti un altro viaggio come questo con me?» mi chiese senza smettere di fissarmi.

Questo mi piaceva di Hernando, mi guardava sempre negli occhi.

«Sono stata fuori molto tempo, ora mi va di stare con la mia famiglia» gli risposi, anche se avevo la tentazione di prendere la valigia e chiamare un taxi che ci portasse all'aeroporto in quello stesso istante.

«Non intendo adesso, ma tra uno o due anni, lo faresti?»

«Certamente» in realtà sarei stata disposta a farlo in quel momento, ma non glielo dissi.

«Adesso cosa pensi di fare?» mi chiese.

Con tutto il denaro che avevo sul mio conto corrente potevo stare comoda su una sdraio per il resto della mia vita, e suonava attraente, ma era la strada più facile e a me piacevano di più le idee complicate ed affascinanti. Ricordo che a sedici anni mi impuntai a fare *bungee jumping* e lo feci, lanciandomi da un ponte su un fiume davanti all'antenna, e spaventata, sotto lo sguardo dei miei genitori e mia sorella.

«Credo di avere un'idea» iniziai a dire pensierosa. «In tutti questi mesi fuori casa la mia famiglia mi è mancata molto. Mi sarebbe piaciuto sapere di più sulla loro vita, cosa facevano, come era andata la loro giornata, sai, queste cose senza importanza di cui hai bisogno quando sei lontano, e poter anch'io raccontare loro qualcosa. Mi piacerebbe creare un'applicazione per il cellulare per poter raccontare quello che accade in ogni momento, ma che fosse privata, che potesse essere vista solo da chi decide l'utente. Per esempio: potresti indicare l'ora, cosa fai, dove sei, con chi, caricare una foto o un video, e tutti i post di un unico giorno verrebbero conservati insieme senza sparire. Per sapere cosa una persona ha fatto in un giorno preciso, dovresti solo andare sul suo profilo e cercare il giorno che vuoi. Funzionerebbe come un calendario. So che esistono applicazioni simili, ma non proprio uguali. Cosa ne pensi?»

«Credo che saresti molto competente» commentò Hernando, con Lila in braccio.

«È solo un'idea. Inoltre, creerebbe altre applicazioni» dissi senza essere molto sicura.

Presi Lila ed andai in cucina per un bicchiere d'acqua. All'improvviso avevo la sensazione che la mia casa non mi appartenesse più, non sapevo se era per la nuova tinteggiatura o perché ero stata fuori tanto tempo.

«Tu che applicazione faresti?» chiesi ad Hernando, che era la persona che meno avevo visto utilizzare il cellulare, tutto il contrario di Cel che ci stava attaccata ventiquattro ore al giorno, quasi fosse una parte del suo corpo.

«Per distrarmi quando non ho niente da fare, mi piacerebbe un'applicazione per creare pezzo per pezzo auto, aerei, barche, treni, bici, moto e tutto ciò che si muove. Sarebbe bello che si potesse gareggiare con altre persone con delle corse o in rapidità nel montare un'auto. Ti piace?»

«Credo sia originale. Creandola bene, funzionerebbe» rimasi un po' a pensare. «Ho un'altra idea: un'applicazione per i viaggi. Non sarebbe la tipica applicazione per viaggiare, ma più una rete social, sarebbero i viaggiatori a caricare le proprie foto, video e commenti sui luoghi visitati. Inoltre, ci sarebbe una cartina per completare ogni luogo» ricordai la cartina gigante di mia madre con le puntine da disegno, appesa nel salotto di casa «e una sezione per gli obiettivi raggiunti, per esempio: *Hai completato la sfida di salire sulla Torre Eiffel.*»

«Mi piace, hai delle buone idee» si avvicinò e mi baciò sul collo, come sua buona abitudine.

«Mi aiuti? Devo cercare i regali che ho comprato e iniziare a distribuirli» Fantastico! Un sacco di visite dove tutti mi avrebbero fatto le stesse domande ed io avrei dato le stesse risposte.

Raccontare gli stessi aneddoti una volta dopo l'altra risultava stancante.

«Da dove vuoi che inizi?» mi chiese, felice di potermi aiutare.

«Puoi iniziare da questa scatola» gli indicai uno scatolone abbastanza grande. «Mi accompagneresti a consegnare i regali?» gli chiesi e lo sbirciai aspettando la sua reazione.

«Ne dubiti?» mi disse allegramente.

Non resistevo al suo sguardo e al suo sorriso. Ogni volta che lo guardavo mi emozionavo.

«Verresti a vivere con me?» gli chiesi all'improvviso.

Lo lasciai a bocca aperta, non si aspettava questa domanda, ero sorpresa persino io. La sera prima mi aveva raccontato che aveva affittato un appartamento e che non sapeva quanto tempo sarebbe rimasto ad Elche.

«Stavo pensando di traslocare» gli anticipai.

«Ma questa è casa tua, non capisco» mi disse un Hernando confuso.

«In molte delle città che ho visitato ho cercato hotel che permettessero di tenere animali e con vista sul mare. Alla fine mi sono sentita unita al mare; guardare dalla finestra, vedere l'acqua ed ascoltare il rumore delle onde. Mi trasferirò a Los Arenales del Sol.»

«Quando vuoi faccio le valigie» mi disse Hernando con tono sicuro.

Mi era chiaro che volevo passare il resto della mia vita con Hernando, anche se una parte di me aveva paura di perderlo. Ero sorpresa della rapidità con cui stava succedendo tutto questo. Sì, la storia si ripeteva.

Hernando era un tesoro, troppo buono per me. All'aeroporto avevo sorpreso Laura a fissarlo, questo insieme al messaggio whatsapp che avevo appena ricevuto («Che meraviglia di ragazzo, lo tenevi nascosto. Se ti stanchi di lui passamelo, un bacio bella.»), a parte tutta la nostra storia precedente, erano sufficienti per prendere una decisione importante: addio Laura. Durante il mio viaggio una delle cose che avevo imparato era allontanare il male, senza perderlo di vista, e restare con il bene. Laura era una persona tossica che non mi portava felicità.

«Come hai saputo che arrivavo ieri?» mi ero dimenticata di chiederglielo.

«Facile!» esclamò Hernando. «Ho dovuto solo guardare le rotte aeree per verificare che mi avevi mentito. Dopo, l'unica cosa è stato cercare rotte che fossero coerenti. Alla fine il risultato è stato che sei arrivata ieri» spiegò, con un bel sorriso.

«Perché ti sei disturbato a dirlo a tutta la mia famiglia?»

«Non ti è piaciuto? Volevo solo farti una sorpresa» si scusò Hernando.

«Sì, ma portarli tutti in aeroporto, non ti è sembrato eccessivo?»

«Adela, non li ho portati io. Sono venuti perché lo volevano, io ho solo detto ai tuoi genitori quando arrivavi, tutto il resto, il tuo benvenuto e la festa, lo hanno organizzato loro.»

Ero sorpresa, non sapevo che alla mia famiglia interessasse organizzare tutto questo per me.

Iniziai con la mia idea di creare un'impresa di applicazioni per dispositivi mobili. La prima cosa sarebbe stata iscrivermi a dei corsi per creare delle app, il secondo passo trovare un locale da affittare, il terzo acquistare il materiale, il quarto assumere personale … Era angosciante solo a pensarci. Non sapevo come fare tutto. In realtà, sì. Nella mia testa avevo già tracciato tutto lo schema, era come quando mi programmavo all'università, prima di creare il programma avevo già organizzato tutto nella mia testa, il problema maggiore era che non sapevo se ero pronta per andare avanti. Una parte di me opponeva resistenza, voleva tornare al passato, tornare alla sicurezza della mia antica impresa, ma la parte di me più avventurosa, quella che mi aveva spinto a viaggiare da sola per tutti quei Paesi, proprio da sola no, con la mia amata Lila, mi gridava di lanciarmi nel vuoto e se non funzionava, solo allora, potevo permettermi di tornare alla mia vecchia attività, perché anche solo per il rispetto della ricordo di Fran dovevo provarci, o come disse Yoda: «Fallo oppure no, ma non provarci soltanto.»

18. Un nuovo inizio.

La mia nuova casa a Los Arenales del Sol mi piaceva molto, vicina al mare, anche se non proprio sul mare. Era una villetta a schiera nuova molto moderna, che disponeva di piscina e campo da tennis. Appena fu nostra, Hernando ed io ci trasferimmo con Lila. Lila apprezzava la sua nuova casa, ora aveva più spazio per muoversi. La mia vecchia casa restò a Cel che, anche se all'inizio rifiutò, alla fine fu felice di avere una casa propria e, soprattutto, il mio vecchio guardaroba che io continuavo a chiamare armadio.

Anche se era dicembre, uscivamo a passeggiare sulla spiaggia tutti i pomeriggi, mi rilassava e mi ricordava Bali, dove era iniziato tutto, dove era iniziata la mia nuova vita.

Mi iscrissi ad un corso di creazione di applicazioni per cellulari nella mia vecchia università, ma iniziava a gennaio, così avevo il tempo per sistemare la mia nuova casa insieme ad Hernando, iniziando dal mio studio e dalla nostra camera da letto.

«Ho pensato che avrò bisogno di fotografie per alcune delle applicazioni che creerò» mi misi di fronte ad Hernando che stava sfogliando distratto un rivista. «Vuoi essere il mio primo dipendente?»

Hernando sollevò lo sguardo.

«Dovrò viaggiare?» chiese un po'triste.

«In tutto il mondo» gli dissi molto lentamente, accentuando ogni sillaba e disegnando un cerchio con la mano sinistra.

«Credo di no»

Non mi aspettavo questa risposta.

«Non voglio un lavoro che mi allontani da te»

Come potevo non amarlo sentendolo pronunciare queste parole.

«Avevo pensato che potrei accompagnarti ovunque, io e Lila, ovvio.»

Il viso di Hernando si illuminò.

«Dove devo firmare?» mi chiese divertito, mentre lanciava la rivista in aria e mi attirava a sé in modo seducente.

Alla parete del mio nuovo ufficio appesi un enorme mosaico incorniciato delle mie foto preferite, già digitalizzate, di tutti i luoghi che avevo visto nel mio viaggio: Bali (Indonesia), Bombay (India), Vientián (Laos), Angkor e Sihanoukville (Cambogia), Kioto, Nagasaki e Kōbe (Giappone), Monterrey (Messico), La Habana (Cuba), Salta (Argentina), Edmonton (Canada), Luena (Angola), Meroe (Sudán), Pretoria (Sudafrica), Ifrane e Tangeri (Marocco), Malmö e Goteborg (Svezia), Parigi e Bordeaux (Francia), Montecarlo (Principato di Monaco), Dogana (San Marino), Vaduz (Liechtenstein), Città del Vaticano (Città del Vaticano), Roma e Palermo (Italia), Kalambaka (Grecia), Trakai e Vilnius (Lituania), Cairns e Sidney (Australia), Auckland, Queenstown e Dunedin (Nova Zelanda), Suva e Labasa (Isole Fiii), Voh e Numea (Nuova Caledonia), Tanapag e Agaña (Isole Mariane del Nord), Atollo Arno (Isole Marshall), Nukualofa (Tonga), Salelologa (Samoa) e Nukuoro e Kapingamarangi (Micronesia). Ovviamente avevo anche foto dei luoghi dove avevo fatto scalo, anche se non comparivano nel mosaico. Alla fine avevo deciso di non mettere Barcellona tra le trentuno destinazioni, e cambiarla con un altro luogo. Era la cosa migliore; la guarigione dal mio dolore era iniziata a Bali.

Stavo navigando in Internet senza particolare interesse, con Lila addormentata sulle mie gambe, mentre Hernando era uscito a comprarsi alcune cose di cui aveva bisogno, quando sul margine destro di una pagina apparve una pubblicità sulle mestruazioni. Calcolai mentalmente quando avevo avuto le ultime. Dedussi che stavano per venirmi di nuovo. Dopo dieci minuti tornai a pensarci, vedendo una pubblicità di Natale.

Merda! Uscii di casa di corsa diretta ad una farmacia. No, non eravamo a novembre, come pensavo all'inizio, avevo un ritardo di un mese, potevo essere incinta già da due mesi.

Chiesi alla farmacista, che sembrava abbastanza annoiata, il test di gravidanza più avanzato che avevano.

Tornai rapidamente a casa. Per fortuna, Hernando non era tornato, in quel momento sarei stata incapace di mentirgli. Perché dovevo mentirgli? Perché dirgli la verità seguita da un risultato negativo sarebbe stato deludente per Hernando. Sei minuti più tardi ebbi il risultato.

Da bambina sognavo di essere grande, non mi piacevano per niente i bambini, e ancora meno mi piaceva essere piccola. Quando diventai adolescente, continuarono a non piacermi. Tutto cambiò quando una mia cugina, minore di me di un anno, ebbe una bellissima bambina che chiamarono Sara.

Feci visita a mia cugina per un'intera settimana. Qualunque pretesto era buono per vedere Sara, il mio desiderio era quasi patologico visto da fuori. Sara risvegliava in me una tale tenerezza e amore che l'unica cosa che desideravo nella vita era avere un bambino mio. Mi posi come obiettivo avere il primo dei cinque figli che desideravo a ventisette anni. Con il tempo mi feci l'idea che non avrei avuto figli a quell'età. Inoltre, diminuii a tre il numero totale dei figli desiderati. Alla fine, mi disillusi del tutto con i rapporti di coppia e pensai che non avrei mai avuto figli. Non avevo mai sognato un amore da film, questo era il sogno di Cel, non il mio, ma alla fine era quello che avevo ottenuto, ed ero molto felice. In realtà, pensandoci a mente fredda, Hernando era ideale per mia sorella, coincidevano abbastanza come modo di vedere la vita, suppongo che per questo andavano così d'accordo e per questo li amavo tanto.

Uscii sul balcone e contemplai il mare in silenzio. La leggera brezza, accompagnata dal soave suono delle onde in movimento, mi donavano serenità. Chiusi gli occhi e pensai a Bali, che come per Fran, ormai era uno dei miei luoghi preferiti. Ero contenta che Hernando non si fosse avvicinato a me a Bali, non era il momento adatto per lasciarlo entrare nella mia vita, non in questo modo.

Udii un rumore alle mie spalle e mi voltai. La maniglia della porta girò lentamente, come al rallentatore, e comparve Hernando con in mano alcuni sacchetti, con il logo di una ferramenta. Li appoggiò a terra e si avvicinò a me con un sorriso per darmi un bacio, ma vedendo l'espressione del mio viso si bloccò.

«Che succede? Va tutto bene?» mi chiese preoccupato.

«Sono incinta, diventeremo genitori» dissi con un filo di voce, mentre tremavo nervosa.

Hernando impiegò cinque secondi per reagire. Il suo volto irradiava felicità ed incredulità in parti uguali.

«Oddio! Non ci credo!» si toccava il viso con la mano sinistra, girandosi, senza posare lo sguardo su un punto fisso.

Si avvicinò a me di corsa, e mi prese in braccio mentre mi baciava con le lacrime agli occhi.

Ero seduta sulla sabbia a contemplare le onde. Hernando era tornato a Castellón per qualche giorno, e questo mi dava il tempo per pensare senza distrazioni al mio futuro immediato, alla mia gravidanza. All'inizio ebbi paura, persi tutta la sicurezza in me stessa, ma grazie ad Hernando fu solo un piccolo miraggio. Hernando mi donava fiducia.

Avevo bisogno di vedere mia sorella. Ora che non vivevamo più insieme mi mancava molto. Ci vedevamo solo un paio di giorni alla settimana. Inviai un messaggio a Cel, che era a lezione.

«Come va?» le chiesi.

«Le lezioni bene, anche se avrò bisogno di un paio di ripetizioni private. Le relazioni personali, male» mi rispose Cel «E tu, come va con Hernando?»

All'inizio pensavo che Cel mi chiedesse ripetizioni perché voleva vedermi, dato che quello su cui voleva spiegazioni era molto facile per me. Dopo due lezioni, mi resi conto che mia sorella non era portata per l'informatica.

«Tutto molto bene, Hernando è meglio di un sogno» le risposi, pensando al mio meraviglioso fidanzato.

«Che tristezza, la tua gatta ha visto più sesso di me nell'ultimo anno» mi scrisse Cel.

«Tranquilla, tutto arriva a suo tempo» le risposi.

«Ci vediamo questa sera? Cena e cinema? Solo ragazze» mi chiese Cel.

«Va bene, passo a prenderti» perfetto, era il momento adatto per dire a Cel che sarebbe diventata zia.

Andai a prendere mia sorella, che era giù di morale.

«Che succede?» le chiesi, mentre mi fermavo ad una rotonda.

«Niente, è che» Cel pensò a cosa dire «non sono mai stata tanto tempo di seguito senza stare con nessuno» disse Cel dispiaciuta.

«Cosa è successo con il ragazzo della spiaggia?» indagai.

«Niente, solo un amore estivo» disse con noncuranza.

«Non avere fretta, le cose accadono quando meno te lo aspetti» la incoraggiai.

«Per te è facile dirlo, esci con il mix perfetto di Liam Hemsworth e Scott Eastwood» mi rispose Cel.

Fino ad allora non mi ero resa conto della somiglianza di Hernando con questi due attori.

Arrivammo al Centro Commerciale L´Aljub. Camminavamo lentamente tra le vetrine. Cel si fermò per comprare un sacchetto di dolciumi. Salimmo con le scale mobili fino alla zona ristorazione, volevamo cenare a base di pasta. Cel continuava ad avere un'espressione disgustata. Dopo una buona cena, comprammo i biglietti per un film che non mi andava di vedere, ma che a Cel piaceva. Mentre aspettavamo che aprissero la sala, ci scattammo foto divertenti con i cartelloni dei film in programmazione.

«Adela, magari avessi tanta fortuna come te con Hernando. Dimmi qualcosa che mi faccia felice» mi supplicò Cel.

Questa era il momento opportuno per raccontarglielo.

«Diventerai zia.»

Cel spalancò gli occhi e fece segno di no con la testa.

«Per favore Adela non mi piace scherzare sui bambini, lo sai.»

«È la verità, sono incinta» dissi indicandomi la pancia, come se Cel potesse vedere attraverso la mia pelle.

«Non ti credo, è troppo presto. Sarai a malapena andata a letto con lui.» Cel dubitava.

«Sono di due mesi.»

«Impossibile» Cel si fermò a pensare. «È di Hernando?»

«Certo che è di Hernando» le dissi un po'seccata.

«Parigi?» mi chiese mia sorella, cercando di venirne a capo.

«Göteborg»

In quel momento Cel iniziò a fare salti di gioia, mi abbracciò forte e mi fece le congratulazioni.

«Vedrai come saranno felici papà e mamma. Povero Javier quando lo saprà, nutriva ancora la speranza di stare con te» rise Cel.

In quel momento ricordai il dicembre precedente, quando Fran mi disse che mi amava ed io ero sulle nuvole. Questo dicembre non aveva niente a che vedere con il precedente e, tuttavia, sentivo una certa somiglianza. Ora mi sentivo felice ma serena, in totale ed assoluta calma. Con Fran tutto era fantasia, ed ora lo sapevo; questo era reale, ero incinta ed il mio desiderio di essere madre a ventisette anni si sarebbe avverato. Non mi importava l'età, ma il fatto di diventare mamma, di poter condividere questo momento con qualcuno tanto speciale come era per me Hernando. Hernando che era arrivato nella mia vita quando ormai avevo smesso di sognare, mi aveva restituito l'illusione. Non era stato amore a prima vista, nemmeno desideravo che fosse così; con Fran tutto si era svolto in fretta, forse anche con Hernando, ma non aveva nulla a che vedere, la situazione era molto diversa. Anche se la gravidanza accelerava le cose tra noi, mi sentivo bene, stabile e sicura. Tutte le cose belle che avevo con Fran, le avevo anche con Hernando, ma in modo diverso. Devo ammettere che con Fran avevo sofferto di momenti di debolezza, insicurezza (pensavo sempre che alla fine mi avrebbe abbandonata per una bella modella scheletrica), momenti di incompatibilità e momenti in cui mi sentivo molto inferiore a lui. Se con Fran avevo imparato ad amare, con Hernando, senza dubbio, avevo imparato a mantenere il controllo ed i piedi per terra.

Commenti.

Se sei arrivato fino a qui, sicuramente sarà perché hai letto il libro. Se è così, spero ti sia piaciuto. I tuoi commenti e consigli sono vitali per me, per continuare a scrivere. Per favore lascia un commento nella pagina di vendite del romanzo.

Ringraziamenti.

In primo luogo, molte grazie a tutti voi che avete acquistato questo libro. Molte grazie a tutti voi che avete dato fiducia alla mia capacità letteraria, grazie per darmi ossigeno e non lasciarmi cadere lungo la strada. Una menzione speciale per mio fratello, José Francisco, per essersi dimostrato tanto interessato a dare visibilità al mio libro.

Grazie anche a Valeria Bragante, la mia traduttrice italiana.

Seguitemi in:

@MariadelMarAgullo

@mar_a_s

@mar_a_s

Author.to/MarAS

@MariadelMarAgullo

Mar A. S.

Web: http://bit.ly/maragullo

#PerSempre

www.ingramcontent.com/pod-product-compliance
Lightning Source LLC
La Vergne TN
LVHW011009200726
843509LV00011B/1031